GOD
OF
SOLDIER

임영기 장편소설
FUSION FANTASTIC STORY
갓오브솔저

갓오브솔저 1
임영기 장편소설

초판 1쇄 찍은 날 § 2017년 1월 23일
초판 1쇄 펴낸 날 § 2017년 1월 30일

지은이 § 임영기
펴낸이 § 서경석

편집책임 § 이지연

펴낸곳 § 도서출판 청어람
등록번호 § 제387-1999-000006호
등록일자 § 1999. 5. 31
어람번호 § 제1-2617호

주소 § 경기도 부천시 부일로 483번길 40 서경B/D 3F (우) 14640
전화 § 032-656-4452 팩스 § 032-656-4453
http://www.chungeoram.com
E-mail § chungeorambook@daum.net

ISBN 979-11-04-91180-4 04810
ISBN 979-11-04-91179-8 (세트)

GOD

SOLDIER

1

임영기 장편소설

FUSION FANTASTIC STORY

갓오브솔저

도서출판 청어람

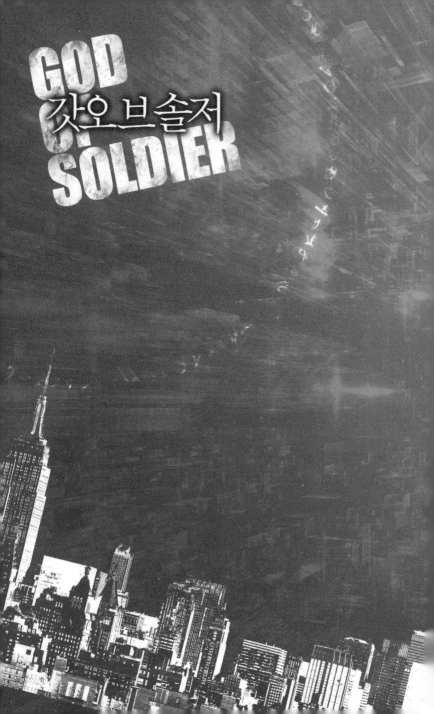

Contents

프롤로그 1 · 007

프롤로그 2 · 011

제1장 졸구십팔 · 021

제2장 첫 전투 · 049

제3장 나의 독무대 · 087

제4장 각성(覺性) · 105

제5장 요물 카펨부아 · 133

제6장 나만 보면 환장하는 여자들 · 175

제7장 완벽 소탕 · 211

제8장 소유빈이 돌아왔다 · 269

프롤로그 1

　지구상에는 태곳적부터 '종(種)의 영역(領域)'과 '신(神)의 질
서(秩序)'라는 것이 존재하고 있었다.

　'종의 영역'이란 지구에서 살아가는 수천만 종의 생명체들에
게 할낭된 그들만의 고유한 영역을 가리킨다.

　생명체들은 자신들의 영역을 벗어나서도 안 되고 또 벗어
나서는 살 수가 없도록 시스템이 만들어져 있다.

　그래서 땅 위에 사는 생명체들은 땅 위에서, 물속이나 하늘
에서 살아가는 것들은 물속이나 하늘에서 살아야만 한다.

　말하자면, 물속에 사는 생명체가 물을 벗어나 땅 위에 올라
왔을 때에는 인간들의 식탁에 오르거나 인간들의 즐거움을

위해서 쇼를 할 때뿐이어야만 한다.

'신의 질서'는 말 그대로 신이 정해놓은 질서다. '신의 질서'를 위배하거나 교란할 경우에는 어떤 생명체를 막론하고 가차 없는 응징이 뒤따른다.

응징은 곧 죽음이다.

한 생명체 즉, '종' 전체가 '신의 질서'를 위배하거나 교란하면 신은 멸종이라는 강수로서 아예 '종'의 씨를 말려 버린다.

그런데 어느 날, '종의 영역'과 '신의 질서'가 파괴되는 일이 벌어졌다. 그것들을 만들었던 신이 '신들의 전쟁'에서 패한 것이다.

패한 신의 '영역'과 '질서'는 무의미한 것이 돼버렸다.

여기에서 문제가 발생한다.

'신들의 전쟁'에서 패한 신과 승리한 신, 둘 다 엄청난 데미지를 입고 어둠 깊은 곳으로 잠적해 버렸다.

그리하여 지구상에는 무영역과 무질서의 시대가 도래하게 되었다.

프롤로그 2

거대한 대전에 수많은 사람이 모여 있다.

각양각색 별별 옷차림의 인물들이 대전 바닥에 무릎을 꿇고 부복해 있는 광경이다.

선부 100명 정도, 천하 무림 각 방면의 우두머리들이다.

맨 앞에는 5명이 부복해 있으며 나머지 인물들이 그 뒤에 줄지어서 엎드려 있는 모양새다.

사실 맨 앞줄의 5명은 천하오도(天下五道) 즉, 정, 사, 마, 녹, 요를 대표하는 지존들이다. 그 뒤의 인물들은 맨 앞 5명의 수하들로서 천하 각 지방을 지배하는 패자(覇者)들이다.

지금 이들 100여 명은 전면 5개의 계단 위 널따란 대리석

중앙의 커다란 태사의에 앉아 있는 한 인물에게 복종과 충성을 맹세하고 있는 중이다.

맨 앞줄 왼쪽의 금빛 도포를 입은 정파의 지존이 엎드려 있다가 조심스럽게 고개를 들어 태사의에 앉은 인물을 우러러보며 우렁찬 목소리로 말문을 열었다.

"지금 이 순간부터 천하오도는 신군(神君)께 충성을 맹세하는 바입니다!"

그러자 100여 명이 일제히 외쳤다.

"충명(忠命)!"

그들의 외침으로 대전 전체가 금방이라도 무너질 것처럼 쩌르르 떨며 울렸다.

'충명'이란 목숨을 바쳐서 충성을 한다는 뜻이다.

태사의에 앉아 있는 인물은 채 30살도 되지 않은 젊은 청년이다. 검고 짧은 수염을 코 밑과 입가에 길렀으며, 상투를 틀었고, 일신에는 눈처럼 흰 백삼을 입었다.

대전에 부복해 있는 천하오도의 100여 명이 목숨으로 충성을 맹세한 장본인 절대신군(絶代神君)이 바로 그다.

이어서 천하오도의 지존들이 한 사람씩 앞으로 나와 계단 맨 아래에 무릎을 꿇고 신군에게 충성 맹세를 했다.

절대신군 즉, 신군은 좌중을 압도하고도 남을 무시무시한 기도를 뿜어내고 또 근엄한 얼굴로 그들 한 사람 한 사람을 굽어보고 있었다.

'아아… 도대체 언제까지 이런 짓을 계속할 거냐? 제발 이제 그만 좀 끝내라, 응?'

하지만 그는 속으로 짜증이 나서 죽을 지경이다.

지난 8년 동안 이놈의 빌어먹을 세계에 적응하려고 무지하게 노력했는 데도 불구하고 끝끝내 극복하지 못한 몇 가지 중에 하나가 지금 벌어지고 있는 이런 식의 지루하기 짝이 없는 예식이다.

그냥 '우리가 졌으니까 죽이든지 살리든지 맘대로 하쇼', 이러면 끝날 일을 얼어 죽을 충성 맹세는 또 뭐라는 말인가.

하여튼 이 시대는 예의와 예식이 절반을 차지하고 있다.

두 번째 사파지존의 충성 맹세가 30분 만에 끝나고 세 번째 마도지존이 교대를 할 때 신군은 마침내 참지 못하고 벌떡 일어섰다.

'더 이상 못 참겠다.'

아니, 일어서려고 마음먹었는데 여자의 목소리가 조용히 고막을 울렸다.

[주군, 조금만 더 참으세요. 지금 일어나시면 웃음거리가 됩니다.]

신군이 머리를 매만지는 체하면서 슬쩍 왼쪽을 보니까 그의 네 명의 심복 부하 사대천왕(四大天王) 중에 유일한 홍일점인 주봉(朱鳳)이 살짝 눈을 흘겼다. 방금 그녀가 신군에게 전음을 보낸 것이다.

신군에겐 그저 곱고, 어여쁘며, 애교 만점에 시어머니처럼 잔소리가 많은 주봉이지만 지금 충성 맹세를 하고 있는 마도지존하고 삼 일 밤낮 동안 만 초식을 겨룰 수 있는 초절고수다.

결국 신군은 지겨운 몸을 비틀면서 요도지존의 충성 맹세까지 다 끝나고 나서야 잠시 휴식을 취하겠다는 핑계로 대전을 빠져나올 수가 있었다.

저벅저벅……

신군이 앞서 걷고, 그 뒤를 사대천왕이 따르고 있다.

한 시간 동안의 휴식이 끝나면 다시 대전으로 돌아가서 저들 천하오도의 100여 명 우두머리와 함께하는 성대한 대연회에 참석해야 한다.

지난 3년 동안 하루도 빼놓지 않고 천하오도와 싸우고 또 싸워서 마침내 그들 모두를 굴복시켰으니 이제 대연회를 베푸는 것으로 마지막 대미를 장식하는 것이다.

하지만 그러기 전에 신군은 꼭 만날 사람이 있다. 아니, 그는 사람이 아니다. 한 번도 실체를 본 적이 없고 목소리만 들었기 때문에 사람인지 귀신인지 모른다.

하지만 그가 신군을 이 세계로 불러왔으며, 또 5년 동안 무공을 가르쳤고, 그 후 3년 동안은 천하오도와 전쟁을 하게 만들어서 끝내 그들을 굴복시키도록 강요한 장본인이 바로 사람도 귀신도 아닌, 목소리만 있는 그 존재다.

더구나 그 목소리는 신군에게만 들린다. 신군의 최측근들조차도 목소리를 듣지 못한다.

스르……

긴 낭하를 지나 어느 웅장한 문 앞에 이르자 사대천왕의 우두머리인 천룡(天龍)이 공손히 문을 열어주었다.

신군이 문 안으로 들어가자 등 뒤에서 문이 닫혔다.

"오셨어요?"

실내 건너편 저만치 창 앞에서 창을 활짝 열고 정원을 내다보고 있던 늘씬한 여인이 사르르 몸을 돌리더니 신군에게 미끄러지듯이 다가오면서 봄바람처럼 싱그러운 미소를 지었다.

"응."

신군은 고개를 끄떡이며 실내 오른쪽으로 계속 걸어갔다.

바닥에 끌리는 긴 치마를 입고 머리를 궁장으로 틀어 올린 천상의 선녀 같은 절세미녀는 그의 옆에 다가와서 팔짱을 끼고 나란히 걸으며 소곤거렸다.

"지루하셨죠?"

지난 3년 동안 같은 침대와 베개를 사용하면서 살아온 아내인 그녀에게서는 아주 그윽한 향기가 풍겼다.

그렇지만 지금까지도 신군은 그게 무슨 향기인지 모른다. 그녀에게 물으면 그저 배시시 미소 지으면서 자기도 모른다고 대답했다. 그러면서 '어쩌면 제 살 냄새일까요?'라고 애매한 미소를 지었다.

어느 날 갑자기 이 세계에 온 신군은 자신에게 벌어지는 모든 것이 마음에 들지 않았었다.

그러나 만약 3년 전에 지금의 아내 소유빈을 만나지 못했더라면 신군은 천하제패고, 나발이고 다 때려치우고 목소리뿐인 그 존재에게 자기가 살던 곳으로 돌아가게 해달라고 매일 땡깡을 부렸을 것이다.

그러니까 어찌 보면 신군은 소유빈 덕분에 천하를 제패할 수 있었다고 해도 지나친 말이 아니다.

아무리 힘들고 어려운 일이 있어도 집에 돌아와서 그녀를 보는 순간 미소가 저절로 떠오르고 온몸의 피로가 풀렸으니까 말이다.

신군은 실내 끝에 있는 어느 문 앞에 멈췄다. 문 안쪽의 공간은 그가 무공 연마나 운공조식을 할 때 사용하지만 사실은 그곳에 목소리뿐인 존재가 있다.

"유빈, 잠시 명상 좀 하고 나올게."

신군은 소위 '명상의 방'에 들어갈 때마다 소유빈에게 그렇게 말했다.

소유빈은 신군과 마주 보고 서서 몸을 밀착시킨 채 그의 가슴을 어루만졌다.

"기다릴게요."

신군은 소유빈의 가느다란 허리를 안고 슬며시 엉덩이를 쓰다듬으면서 조금 음탕한 눈빛을 흘렸다.

"지금 잠깐 어때?"

당금 천하에서 천하제일미라는 칭송을 받고 있는 소유빈은 부끄러움에 얼굴을 붉히면서 조그만 주먹으로 그의 가슴을 두드렸다.

"아이… 이따가요."

신군은 눈을 곱게 흘기는 소유빈이 너무 아름답고 귀여워서 몸이 녹아버릴 것만 같았다.

"그러지."

소유빈은 까치발을 들고 두 손으로 신군의 뺨을 감싸고는 살짝 입맞춤을 하고 나서 문을 열어주었다.

"들어가세요."

그로부터 2시간이 지났을 때, 밖에 있던 천룡이 조심스럽게 문을 열고 안을 들여다보았다.

"주모, 주군께선 아직 나오지 않으셨습니까?"

대연회 준비가 다 끝났으며 다들 신군이 참석하기만 목 빠지게 기다리고 있는 중이다.

창가의 차탁 앞에 앉아서 우아하게 차를 마시고 있던 소유빈은 찻잔을 내려놓고 일어섰다.

"내가 가볼게요."

그녀는 실내를 가로질러 명상의 방문을 열었다.

척!

"여보, 아직 끝나지……."

그러나 소유빈은 말을 끝내지 못했다. 명상의 방 안에는 신군의 모습이 보이지 않았다.

장식이나 가구라곤 하나도 없으며, 사방이 막혀 있고, 그저 실내 한복판에 가부좌를 틀고 앉을 수 있는 한 자 높이의 둥근 석탁만이 하나 놓여 있을 뿐인 그곳은 텅 비어 있었다.

소유빈은 움찔 놀라서 실내로 달려 들어가며 다시 한 번 둘러보았으나 사랑하는 남편 신군의 모습은 어디에도 보이지 않았다.

그녀의 얼굴이 해쓱해졌으며 눈물이 구슬처럼 흘렀다.

"설마……."

명상의 방 입구로 사대천왕이 속속 들이닥쳤다.

"주군께서 어딜 가신 겁니까?"

"주모, 무슨 일입니까?"

소유빈은 두 손으로 얼굴을 가리고 흐느끼면서 고개를 살래살래 가로저었다.

"흐흐흑……! 몰라요… 나도 몰라요……."

그녀는 그 자리에 스르르 무너지듯 주저앉으면서 세상이 끝난 것처럼 흐느껴 울었다.

제1장
졸구십팔

신군은 아직도 명상 중이다.

목소리만 존재하는 사부의 목소리를 들어야 하는데 신군이 명상의 방에 들어온 이후 사부는 한마디도 하지 않았다.

일전에 사부는 말했었다. 신군이 천하 무림을 일통하고 나면 그때 가서 다음에 할 일을 알려주겠다고 말이다.

딸깍……

그때 문 열리는 소리가 들렸다.

신군은 자신이 오랫동안 나오지 않아서 소유빈이 들어온 것이라고 생각했다.

소유빈이 신군의 옆으로 다가왔다.

그런데 그녀 특유의 그윽한 향기가 나지 않았다.

그때 신군의 뒤통수에 충격이 가해지면서 종이를 찢는 듯한 칼칼한 소리가 터졌다.

"강도야! 엄마가 밥 먹으래!"

"이 씨……."

신군은 벌떡 상체를 일으키며 오만상을 썼다.

그 순간 그는 기분이 싸아… 했다.

'뭐지? 이 익숙한 리액션은…….'

눈을 껌뻑거리는 그의 앞에 낯익은 얼굴이 오도카니 서서 그를 굽어보고 있다.

궁둥이와 무릎이 나온 낡은 트레이닝 하의에 다 늘어난 반팔 티셔츠, 브래지어를 하지 않아서 젖꼭지가 티셔츠에 내비치는 이 익숙한 여자의 모습은 또 뭐란 말인가?

이 여자는 절대로 천하제일미 소유빈일 수가 없다.

"야! 강도! 너는 어떻게 허구한 날 잠만 처자냐? 잠이랑 원수졌냐?"

입에 칫솔을 물고 입에서 치약 거품을 흘리면서 불분명한 말을 쏟아내고 있는 이 몰상식한 계집아이는 바로 신군의 이란성쌍둥이 여동생 강주가 분명하다.

신군은 현실 세계에서 강도(剛道)라는 이름을 갖고 있었다.

"유빈은……."

"얼씨구? 꿈까지 꾸셨어?"

강도가 잠이 덜 깬 얼굴로 두리번거리자 강주가 입에서 칫솔을 뽑아 그의 뺨에 묻혔다.

"강주야! 오빠 일어났으면 어서 밥 먹으러 나오라고 해라!"

활짝 열려 있는 방문 밖에서 여자 목소리가 들렸다. 그건 지난 8년 동안 듣지 못했던 엄마 목소리가 분명했다.

강도는 엎드려서 자고 있던 책상 앞 의자에서 일어나 비틀거리면서 방문 밖으로 나가 두리번거렸다.

주방에서 강주처럼 낡은 트레이닝복 하의를 입은 엄마가 조그만 식탁에 부지런히 밥상을 차리고 있는 모습이 보였다.

'뭐야, 이거?'

좁은 주방 겸 거실, 그 너머에 엄마와 여동생 강주가 함께 사용하는 안방이 있고, 안방 입구 옆에는 욕조 없는 화장실이 있다.

월 임대료 30만 원을 내고 살고 있는 15평짜리 임대 아파트, 여긴 우리 집이 분명하다.

'돌아온 거야……?'

지난 8년 동안 그토록 돌아오고 싶어서 발버둥 쳤던 현실 세계이건만, 막상 돌아오고 나니까 왜 이렇게 허탈한 건가?

'유빈은……'

가장 먼저 기억나는 사람은 3년 동안 살을 맞대고 부부로 살았던 천하제일미 소유빈이다.

그 세계에 대한 기억은 크게 네 가지로 구분된다. 사부, 무공 연마, 싸움, 그리고 소유빈. 그 네 가지 중에서 소유빈이 가장 큰 비중을 차지하는 것은 두말할 필요가 없다.

5분 늦게 태어난 쌍둥이 여동생 강주는 학교에 가고 엄마와 강도가 주방 테이블에 마주 앉아서 아침 식사를 하고 있다.

반찬은 8년 전이나 지금이나 거의 변함이 없다. 김치와 된장찌개, 멸치볶음, 달걀프라이, 그리고 보리가 많이 들어간 잡곡밥.

강도는 젓가락도 들지 않고 맞은편의 엄마를 바라보았다.

지금은 한가하게 밥이나 먹을 상황이 아니다.

엄마는 화장기 없이 헝클어진 머리카락에 강주가 입다가 색이 바래서 버리려고 놔둔 티셔츠를 입었는데 가슴 부위에는 밥풀이 묻어 있다.

8년 전 엄마 나이가 47살이었으니까 지금은 55살이 되었을 것이다.

그런데 전혀 55살로 보이지 않았다. 어제 봤던 것 같은 얼굴이다. 이제 보니까 옷차림도 8년 전에 본 그대로다.

강도는 8년 전 이른 아침에 알바로 하는 밤샘 경비 일을 마치고 집에 돌아와서 책상 앞에 앉아 있었다.

그때 엄마는 아침 식사를 차리고 있었으며 강도는 쏟아지는 피곤함 때문에 졸았던 것 같다.

"엄마, 지금 몇 살이죠?"

강도가 불쑥 묻자 엄마는 짙은 눈썹을 살짝 찡그렸다.

"엄마 나이도 모르니? 47살이지 몇 살이야."

"55살 아니고요?"

엄마 눈썹이 더 찌푸려졌다.

"내가 그렇게 늙어 보여?"

"아니, 그게 아니고……."

"쓸데없는 소리 그만하고 밥이나 먹어. 엄마 일 늦겠어."

이게 어떻게 된 일인가? 8년 동안이나 집을 비웠다가 돌아왔는데 엄마는 여전히 47살이다.

"밥 안 먹니?"

젓가락도 들지 않고 자기만 빤히 바라보고 있는 강도에게 엄마가 또 채근했다.

그렇지만 지금 밥이 목에 넘어가나?

"엄마, 나 그동안 어디 갔다가 왔는지 궁금하지 않아요?"

엄마가 숟가락으로 된장찌개 국물을 뜨면서 아무렇지도 않게 되물었다.

"어디 갔다 왔니?"

"그게……."

"너 공사 현장 야간 경비 밤샘하고 파김치가 돼서 조금 아까 집에 왔잖아. 그거 말고 또 뭐?"

"조금 아까?"

엄마가 뭘 크게 착각하고 있는 것 같다. 아들이 말도 없이 장장 8년씩이나 집을 나갔다가 불쑥 돌아와서 너무 기쁜 나머지 머리가 어떻게 된 건 아닌가?

문득 강도는 무슨 생각이 들어서 자신의 턱을 만져보았다. 무림 영웅의 모습에 걸맞게 수염을 길러보는 게 어떻겠느냐는 아내 소유빈의 권유로 그는 2년 전부터 코 밑과 입 주위에 짧은 수염을 탐스럽게 길렀었다.

그랬더니 원래 나이보다 대여섯 살 이상 많게 보이고 의젓해졌었다.

그런데 턱과 입 주위를 만져봤는데 수염이 없다. 그저 손끝에 하루 정도 면도를 하지 않아서 돋아난 까슬까슬한 느낌만 날 뿐이다.

그는 벌떡 일어나더니 화장실로 달려 들어가 거울 앞에 섰다.

"아……"

거울에 비춰진 자신의 얼굴을 본 그는 망연자실했다. 그의 턱과 입 주위에는 비단 수염이 없을 뿐만 아니라 8년 전 어느 날의 모습하고 똑같았다.

'이게 도대체 어떻게 된 거지?'

더벅머리에 아주 잘생기지는 않았지만 그런대로 호남형의 24살 청년의 모습이 거기에서 눈을 껌뻑거리고 있었다.

밖에서 엄마의 목소리가 들렸다.

"강도야! 엄마 늦어서 먼저 간다! 밥 다 먹고 설거지통에 넣어 놔라!"

그러고는 현관문 여닫는 소리가 뒤를 이었다.

이제 집에 강도 혼자만 남았다. 이제부터 이 미스터리를 풀어야만 한다.

그는 식탁으로 돌아오면서 생각을 정리했다.

천하오도 5명의 지존들을 비롯한 100여 명의 우두머리가 대전에 납작하게 부복해서 그에게 목숨으로 충성을 맹세했던 것이 조금 전의 일처럼 생생했다.

그리고 지금도 눈만 감으면 선연하게 한 폭의 그림처럼 떠오르는 아내 소유빈의 자태.

아까 강도는 명상의 방에 목소리를 듣기 위해서 들어가기 전에 소유빈을 품에 안고, 그녀의 보드랍고 탐스러운 엉덩이를 쓰다듬었으며, 그녀는 그의 입에 달콤한 입맞춤을 해주었다. 그의 코끝에 아직도 그녀의 그윽한 향기가 남아 있는 것 같다.

그곳 무림에서 보낸 8년의 기나긴 세월 동안 일어난 파란만장했던 일들을 글로 쓰라면 족히 여러 권의 책으로 써낼 수 있을 정도로 생생한데 그건 다 뭐라는 말인가?

식탁으로 걸어가던 강도의 시선이 문득 현관에 벗어놓은 그의 운동화로 향했다.

대학 입학식 전날, 엄마가 사주었던, 5년이나 신고 다닌 나이키 에어맥스 운동화의 한 짝이 뒤집어져 있는 걸 보는 순간 강도는 머리가 띵했다.

공사장 야간 경비 일을 끝내고 졸음과 피곤에 쩐 몸을 이끌고 집에 돌아와서 신발을 벗을 때 에어맥스 운동화 한쪽이 뒤집어졌던 기억이 생생하다. 그건 불과 20~30분 전의 일 같았다.

강도의 시선이 이번에는 이끌리듯 벽시계로 향했다.

8시 25분이다.

그가 야간 경비 일을 끝내고 집에 들어왔을 때 엄마가 직장에 늦겠다면서 앞으로는 좀 일찍 오라고 했을 때 시계를 봤는데 그때 시간이 8시 10분이었다.

그런데 지금 8시 25분, 아니, 8시 26분이 되고 있다. 그렇다면 그가 집에 돌아와서 겨우 16분밖에 지나지 않았다는 뜻이 아닌가?

그게 아니다. 아까 싸가지 없는 여동생 강주가 뒤통수를 때리면서 깨우고 나서 지금까지 7~8분이 흘렀으니까 그는 자기 방 책상에 엎드려서 8분 아니면 9분 정도 깜빡 졸고 있었다는 얘기다.

무림에서 8년 동안 지냈던 기억도 생생하고 조금 전에 집에 들어왔던 기억도 생생하다. 무림에서 보낸 8년이 사실이라면 조금 전에 집에 들어온 것은 8년 전의 아득한 기억 저편의 일이어야 한다.

그런데 현관에서 신발을 벗다가 한 짝이 뒤집어진 나이키 에어맥스 운동화의 기억까지도 생생하다는 건 도대체 뭐란 말인가.

"아아… 미치겠다."

엄마와 강주가 같이 쓰는 안방으로 가서 TV를 켰다. 이리 저리 채널을 돌려서 뉴스에 맞췄더니 우측 상단에 오늘 날짜가 나왔다.

2016년 10월 16일.

강도는 다리가 후들거려서 그 자리에 펄썩 주저앉았다.

"뭐야? 이거……"

그는 어제 10월 15일을 정확하게 기억한다. 공사장에서는 매달 15일과 30일 보름마다 노임을 주는데 오늘 아침에 퇴근하기 전에 사무실에서 보름치 노임을 받았었다.

그는 급히 자기 방으로 달려가서 늘 갖고 다니는 빛바랜 크로스백을 열었다.

직…….

가운데 지퍼를 여니까 누런색 봉투가 얌전하게 세로로 누워 있다.

꺼내서 확인해 보니까 105만 원이다. 하루 일당 7만 원씩 보름 동안 하루도 빠지지 않고 다닌 결과물이다.

'꿈이었나……'

책상에 엎드려서 8~9분 깜빡 잠을 잤는데 얼토당토않게도 무림에서 8년을 보냈다는 것은 어느 누구도 믿지 않을 허무맹랑한 얘기다.

식탁으로 돌아와 털썩 주저앉은 그는 한참 동안 이 생각 저 생각 하면서 고개를 절레절레 젓다가 이윽고 밥이라도 한 술 뜨려고 젓가락을 집었다.

그때 크로스백 안에 들어 있는 휴대폰이 울렸다.

─강도야! 저놈 잡아라! 강도 맞거든요? 잡아주세요~ 강도야! 저놈 잡아라! 강도 맞거든요?

강주가 제멋대로 집어넣은 자기 목소리의 벨소리이다.

강도가 크로스백에서 휴대폰을 꺼내보니까 발신자 전화번호에 이상한 글자와 숫자가 찍혀 있다.

卒9.18.BCMT.ma4

평소 같으면 이런 전화는 받지 않았겠지만 지금은 하도 상황이 뒤숭숭해서 일단 받아보기로 했다.

"여보세요."

─이강도 씨, 맞으십니까?

그런데 휴대폰에서 흘러나온 것은 카드 회사 상담원 아가씨 같은 절도 있고 나긋나긋한 목소리다.

강도는 대꾸도 하지 않고 끊었다.

다시 식탁으로 가려는데 또 전화가 울렸다.

—강도야! 저놈 잡아라! 강도 맞거든요? 잡아주세요~

강도는 아예 휴대폰 배터리를 빼버리고 식탁 앞에 앉아 젓가락을 들었다.

생각해 보니까 어젯밤에 경비를 서다가 10시쯤 야참을 먹은 이후 아무것도 먹지 않아서 배가 몹시 고팠다.

딩동~

강도가 밥 한 젓가락을 떠서 입에 넣으려고 하는데 현관 벨이 울렸다.

젓가락을 내려놓고 현관으로 갔다.

"누구세요?"

"이강도 씨, 계십니까?"

어디선가 들은 적이 있는 듯한 아가씨 목소리다.

이강도 이름을 정확하게 부르니까 현관문을 열었다. 현관 밖에는 후리후리한 키에 엘리베이터 걸 같은 복장을 한 젊고 예쁜 아가씨가 생글생글 미소를 지으며 서 있다.

"이강도 씨입니까?"

"제가 이강도인데 무슨 일로……."

"들어가도 되겠습니까?"

"어어……."

강도가 뭐라고 하기도 전에 여자는 돌진하듯이 안으로 밀고 들어왔다.

그뿐만이 아니라 아가씨는 냉큼 하이힐을 벗고 거실 겸 주방으로 올라섰다.

쿵!

그녀 뒤로 현관문이 큰 소리를 내면서 닫혔다.

여자는 실내를 한번 둘러보더니 손가락을 뻗어 강도의 가슴을 쿡 찔렀다.

"앉으세요."

"어……."

여자의 손가락에 찔린 강도는 뒤로 주춤주춤 물러나더니 식탁 의자에 털썩 주저앉았다.

"이보십쇼. 도대체 누구기에……."

"앉아 있어요. 왜 전화를 받지 않는 거죠?"

강도가 벌떡 일어서면서 따지려고 하니까 여자가 여태까지와는 달리 차가운 말투로 꾸짖듯이 말했다.

"무슨 전화 말입니까?"

강도는 앉은 채 억눌린 듯 반문했다.

여자는 식탁에 놓인 강도의 휴대폰을 집어 들더니 전원을 켰다.

신호음과 함께 휴대폰이 켜졌다. 조금 아까 배터리를 뽑았는데 켜지다니. 식탁에는 휴대폰에서 뺀 배터리가 놓여 있다.

척!

여자가 핸드폰 화면을 강도 얼굴 앞으로 내밀었다.

"이 전화 말이에요."

"그 전화는……."

"제가 한 거예요."

"에?"

휴대폰 화면에는 조금 아까 걸려온 카드 회사의 이상한 번호인지 기호 같은 것이 떠 있었다.

卒9.18.BCMT.ma4

"이게 뭡니까?"

여자는 강도의 질문을 허용하지 않고 제 할 말만 했다.

"이강도 씨 호출 번호니까 앞으로 이 전화는 어떤 상황에서라도 무조건 받아요."

강도는 이해하지 못하고 눈을 껌뻑거리다가 어떤 생각이 뇌리를 스쳐서 시니컬한 미소를 지었다.

"후우… 이봐요, 아가씨. 뭐 팔러 온 겁니까?"

그가 봤을 때 이상한 제복의 이 여자는 신제품이니 뭐니 하면서 물건을 팔러온 방문 판매원이 분명했다.

"오늘 왔죠?"

여자는 철저하게 강도의 말을 무시했다.

"뭘 오늘 와요?"

"낙양에서 오늘 오지 않았어요?"

"……."

순간 강도는 목 한복판을 날카로운 쇠꼬챙이가 푹 찌른 듯한 충격을 받았다.

강도가 놀라든지 말든지 상관하지 않고 여자는 등에 메고 있는 아담한 백팩을 벗어서 식탁에 내려놓더니 백팩에서 매우 작은 노트북 같은 것을 꺼내 왼 손바닥에 올려놓고 이리저리 두드리다가 종알거렸다.

"낙양에서 8년 있었군요?"

"이, 이보쇼."

강도는 백만 볼트 전기에 감전된 것처럼 화들짝 놀라서 벌떡 일어섰다.

지난 8년 동안 무림에서 있었던 일이 한낱 꿈이었다고 포기하고 있는데 이 여자가 꺼져가는 강도의 의구심에 불을 확 지폈다.

"당신, 누구야? 그리고 나 어떻게 된 거야?"

여자가 노트북을 손바닥에 올린 채 화면을 보면서 냉정한 말투로 꾸짖었다.

"졸구십팔, 질문은 허용되지 않아요."

"…뭐… 십팔?"

"당신 이강도 씨가 복귀하면서 새로 부여받은 이름이에요."

강도는 고개를 가로저었다.

"어쨌든… 당신, 내가 낙양에 8년 동안 갔다 온 걸 어떻게 알고 있는 거야? 아니, 나한테 정말 그런 일이 있긴 있었던 거야?"

"말이 짧군요?"

강도는 이성을 잃기 시작했다.

"야! 내 말에 대답해!"

그는 외치면서 여자의 멱살을 잡아갔다.

그때 여자가 오른손을 내밀었다. 하얗고 조그만 주먹이 가슴으로 찔러오는데 강도는 뻔히 보면서 피하지 못했다.

그리고 그는 여자의 주먹이 찔러오면서 5가지 변화를 일으키며 아주 잠깐 소용돌이처럼 회전하는 것을 발견하고 움찔 놀랐다.

"오화권(五花拳)……."

무림에 갔을 때 목소리뿐인 사부에게 5년 동안 정말 이가 갈리도록 지독하게 무공을 배웠을 때 천하 무림의 무공에 대해서도 두루 공부를 했었는데, 지금 여자가 주먹을 뻗는 동작은 바로 산동화가(山東華家)의 성명권법인 '오화권'이 분명했다.

뻑!

"꾹……!"

강도는 수십 톤 무게의 바윗덩이가 가슴에 떨어진 것 같은 충격과 함께 뒤로 퉁겨 날아가 식탁을 엎으면서 바닥에 나뒹굴었다.

"끄으으……."

이 여자 말대로 강도가 무림에 갔다가 온 것이 맞는다면 그는 절대신군이어야만 한다.

무림 역사상 최초로 천하 무림을 일통시킨 저 위대한 천하 제일인 절대신군 말이다.

그런데 무림 삼류문파인 산동오가의 오화권 따위를 피하지 못하고 속수무책 얻어맞다니…….

아니, 그런 건 얻어맞기도 전에 그의 몸에서 자체적으로 호신강기(護身罡氣)가 뿜어져서 여자를 흔적도 남기지 않고 가루로 만들었어야 맞다.

그런데 천하제일인 절대신군은 어디에 가고 나약한 인간 이강도만 남아서 여자의 고사리 같은 주먹에 얻어맞고 나자빠지다니…….

척!

여자가 뒤로 벌러덩 누워 있는 강도의 정수리 쪽에 서서 그를 굽어보았다.

"한 번 더 대들면 체포하겠어요."

"으으……."

강도는 욕설이라도 내뱉고 싶은데 숨이 막히고 가슴이 쪼개지는 것 같아서 그저 신음 소리만 흘릴 뿐이다.

"이강도 씨는 졸구십팔이에요. 복창하세요."

강도는 말을 하려고 입술을 달싹거리는데 그저 신음 소리만 나왔다.

"잘했어요."

그런데 여자는 흡족한 미소를 지으며 고개를 끄떡였다.

너무 고통스러워서 말을 할 수 없는 강도가 입술로만 '놀구 있네'라고 했더니 그것을 '졸구십팔'로 알아들은 모양이다.

강도는 얻어맞은 가슴이 아픈 것이 아니라 이런 이해할 수 없는 상황 때문에 머리가 터질 것 같아서 미치고 환장할 지경이다.

"오늘 중으로 제가 남겨준 휴대폰의 그 번호로 맹(盟)에 복귀 신고를 하세요."

"으으……."

"오늘을 넘기거나 신고를 하지 않으면 이번에는 체포조가 직접 올 거예요. 대답하기 어려우면 눈을 깜빡거리세요."

강도는 눈을 깜빡거렸다. 반골 기질이 있는 그는 아무리 이런 상황이라고 해도 저 따위 여자에게 기죽기가 싫지만, 숨을 쉴 수가 없어서 두 눈에 저절로 눈물이 차올라 깜빡거리게 되는 건 어쩔 수가 없었다.

"딩신은 맹의 외전사(外戰士) 최하급 졸구(卒9) 소속 18호예요. 그래서 '졸구십팔'이에요. 그리고 나는 졸당(卒堂) 팀의 메신저4라고 해요. 'ma4'라고 표기하는데 그냥 '마사'라고 불러요."

그는 눈을 깜빡거리면서 여자를 올려다보는데 머리 꼭대기 쪽에 서 있는 그녀의 얼굴은 보이지 않고 늘씬한 다리와 짧은 스커트 안의 분홍색 꽃무늬 팬티가 보였다.

빽!

"캑!"

여자의 스커트 속을 보려고 한 게 아닌데 어쨌든 그걸 들켜서 강도는 한 대 더 맞았다.

이번 것은 산동화가의 오화권이 아닌 귀싸대기다.

졸당 팀의 메신저4, 일명 마사는 쓰러져 있는 강도를 굽어보면서 한참을 더 혼자서 떠들다가 바람처럼 사라졌다.

강도는 아무도 없는 거실 겸 주방 바닥에 한동안 그대로 누워 있었다.

산동화가의 오화권이 비록 삼류이긴 하지만 일권에 아름드리나무를 부러뜨리는 위력이 있다.

그런데 천하제일인 절대신군이 아닌 일반인 강도가 거기에 정통으로 맞았으니 최소한 갈빗대 서너 개는 박살 났다고 봐야 할 것이다.

"우라질… 도대체 이게 어떻게 된 스토리야……?"

그는 누워서 오만상을 쓰며 끙끙거렸다.

다른 건 다 덮어두고서라도 강도가 낙양에서 온 것을 방금 그 여자 마사가 어떻게 알고 있느냐는 거다.

8년 동안의 일을 강도가 꿈을 꾼 것이라고 한다면 더욱 이상하다. 마사가 그가 꾼 꿈을 어떻게 알고 있다는 말인가.

더구나 마사가 보여준 산동화가의 오화권.

가슴이 부서지는 듯한 폭발적인 위력.

그리고 그것이 오화권이라는 사실을 한눈에 알아본 강도의 해박한 식견은 또 뭐라는 말인가.

"끙! 그건 꿈이 아니었어… 분명해……"

마사가 나가고 나서 10분쯤 지난 후에 강도는 신음 소리를 내면서 일어나 앉았다.

처음 마사의 오화권에 맞았을 때는 죽을 것 같았는데 시간이 지나니까 통증이 빠르게 사라졌으며, 지금은 가슴이 그냥 뻐근한 정도일 뿐이다.

강도는 이왕 퍼질러 앉은 김에 아예 가부좌를 틀고 운공조식을 시작해 보았다.

운공조식을 시작하자마자 그는 확신했다.

'그래. 그건 꿈이 아니었어.'

그게 꿈이었다면 지금 그의 몸속에서 파도처럼 힘차게 들끓고 있는 이 미증유의 어마어마한 기운은 대체 뭐라고 설명하겠는가?

강도를 과거의 무림으로 이끈 목소리만의 사부가 가르쳐 준 이것의 이름은 '초절신강(超絶神罡)'이라고 했었다.

"후우……"

운공조식을 끝낸 강도는 이곳 현실 세계에 오기 전 무림에 있을 때 자주 느꼈던 극도의 상쾌함과 기운의 팽배함을 지금 맛보고 있다.

마사에게 일권을 얻어맞은 가슴은 운공조식을 끝낸 이 순간에는 간지럽지도 않았다.

초절신강을 운공하면 목이 잘라지거나 팔다리가 떨어져 나가지 않는 한 웬만한 중상은 깨끗하게 치료된다.

'꿈이 아니라면…….'

강도는 천천히 일어섰다. 그는 한 번의 운공조식으로 이제 자신이 천하제일인 절대신군의 능력을 회복했다고 믿었다. 이 강도에서 절대신군으로 환원하는 순간이다.

강도는 가슴을 펴고 우뚝 서서 천천히 주위를 둘러보았다.

낡은 청바지에 영문이 적혀 있는 티셔츠를 입고 있지만 지금 그에게서는 절대신군의 가공할 포스가 파도처럼 뿜어지고 있다.

"후후……."

이윽고 그는 적당한 물건을 발견하고 입가에 흐릿한 미소를 떠올렸다. 미소 역시 절대신군의 그것이다.

슥―

그는 주방 겸 거실 구석에 있는 냉장고를 향해 손을 뻗어서 약간의 공력을 발출하여 끌어당겼다.

무림에 있을 때 장난처럼 전개했던 접인신공의 수법이다.

"어……."

그런데 냉장고가 꼼짝도 하지 않았다. 무림에 있을 때에는 집채만 한 바위라고 해도 그가 손을 뻗어서 끌어당기면 무처럼 푹푹 뽑혀서 허공을 날아오곤 했었다.

"이게……."

그가 공력을 배가시키면서 핏대를 올렸지만 냉장고는 여전히 �끄떡도 하지 않았다.

"헉헉……."

냉장고가 끌려오지 않을뿐더러 숨이 턱까지 찼다.

"후우… 아무래도 과거에서 현실 세계로 오다 보니까 피곤한 모양이로군. 그렇다면 이번에는 좀 가벼운 걸로."

청소기가 적당할 것 같았다.

"후후… 저 정도쯤이야."

그런데 어찌 된 일인지 청소기도 꼼짝하지 않았다. 청소기를 바닥에 고정시켜 놓은 건가 싶어서 확인했더니 그것도 아니었다.

바퀴까지 달려 있어서 힘 하나 들이지 않고 슬슬 잘 끌려올 것 같았다.

10분 후, 그는 바닥에 나뒹굴어 있는 숟가락조차도 접인신공으로 끌어당길 수 없다는 냉엄한 현실을 확인하고서야 기진맥진해서 그 터무니없는 짓을 그만두었다.

"허억! 헉헉… 역시 꿈이었나?"

강도가 바닥에 쓰러진 식탁과 그릇 따위를 다 치우고 청소를 끝내갈 무렵에 휴대폰이 울었다.

ㅡ강도야! 저놈 잡아라! 강도 맞거든요?

강도는 휴대폰 화면에 뜬 글자와 숫자를 보고 눈살을 찌푸렸다.

卒9.1

"졸구일?"

마사가 전화를 받지 않으면 체포조가 갈 거라고 했으니까 일단 받았다.

—졸구십팔이냐?

카랑카랑한 남자 목소리인데 첫마디부터 반말이다.

"그런데?"

—말이 짧다?

"…요?"

어쩌다가 절대신군이 이 지경이 된 건지 모르겠다.

천하 무림을 발아래 굴복시켰던 저 찬란했던 위용과 기백이 아직도 강도의 가슴속에서 꿈틀거리며 용트림하고 있어서 누군가에게 굽실거리는 것은 영 기분이 언짢았다.

'졸구일'은 마사처럼 저 할 말만 했다.

—지금 8시 47분이다. 앞으로 한 시간 후에 분당 야탑역 앞으로 와라.

"여긴 부천인데 어떻게 한 시간에……"

—오지 않아도 된다.

분당이든 서울역이든 가지 않으면 체포조라는 게 올 것이다. 체포조가 무서운 건 아니다. 아니, 사실 지금 같은 상황에선 무섭다.

강도로서는 체포조가 어떤 건지 실제로 경험해 보고 싶은 생각은 눈곱만큼도 없다.

뚝……

전화가 끊어졌다.

"이런 씨X!"

강도 입에서 욕이 튀어 나갔다.

강도는 평생 한 번도 가본 적이 없는 분당에 가기 위해 집에서 나와 버스를 탔다.

휴대폰으로 맵을 띄워보니까 부천에서 분당까지 대중교통을 이용해서 아무리 빠르게 간다고 해도 1시간 20분이 걸린다고 나왔다.

집에서 나와 버스 정류장까지 가는 시간이 있고 판교에서 한 번 버스를 갈아타야 하는데 그 시간까지 치면 2시간은 잡아야 한다.

아까 卒9.1한테 전화를 받았을 때가 오전 8시 47분이었고, 그때부터 한 시간 후에 분당 야탑에 오라고 했는데 지금 시간이 벌써 9시 15분이다.

좌석 버스는 이제 막 시흥으로 들어서고 있으니까 앞으로

50분 이상은 더 가야만 한다.

죽었다가 깨어나도 9시 47분까지는 가지 못한다. 조금 늦었다고 해서 체포조가 잡으러 온다면 어쩔 수가 없다.

무림에 갔었던 8년이라는 세월을 깡그리 잊어버리고 현실만 생각하면서 살 거라면 구태여 분당 야탑에 가지 않아도 될 거라는 게 강도의 생각이다.

그냥 집에서 얌전하게 공사장 야간 경비 일을 다니면서 복학 준비나 하고 있으면 마사인지 ma4인지가 뭘 어쩌겠는가.

하지만 강도는 그럴 수가 없다. 자신에게 일어났었던 이 수수께끼 같은 사건의 전말을 반드시 파헤쳐 보고 싶다.

그가 8년 동안의 일을 없던 일로 치부하고 싶지 않은 가장 큰 이유는 소유빈 때문이다.

소유빈은 그 시대 천하제일의 미인이었다. 강도가 현실 세계에서 살았더라면 죽을 때까지 근처에도 가보지 못했을 정도의 절세미인이며 가인이다.

소유빈이 미인이었기 때문에 아내로 삼았고 또 사랑하게 되었는지는 지금에 와서 그다지 중요한 문제가 아니다.

중요한 것은 그녀를 지독히도 사랑하기 때문에 벌써 보고 싶어서 숨이 끊어질 것 같다는 사실이다.

강도가 알기로 소유빈이 그를 사랑하는 깊이는 그의 사랑에 비할 바가 아니었다.

모르긴 해도 강도가 없는 소유빈의 삶은 절망 그 자체일 것이 분명하다. 그러므로 강도가 지금 분당에 가고 있는 것은 강도 자신을 위하고, 소유빈을 위하는 일이다.

　그녀를 다시 만날 수만 있다면, 그는 어떠한 희생이라도 치를 수 있다는 각오가 되어 있다.

제2장
첫 전투

BCMT 본부.

이곳을 달리 '맹(盟)' 혹은 '위원회'라고도 부른다. '맹'은 의역이고, '위원회'는 직역이다.

일선에서 뛰는 외전사들은 대부분 무림 출신이라서 귀에 익숙한 '맹'이라고 부르기를 즐겨하고, 윗대가리들 즉, 책상물림들은 '위원회'라고 불러주면 좋아한다.

BCMT 본부 깊은 곳에 3명의 장로가 테이블에 둘러앉아 심각한 얼굴로 머리를 맞대고 있다.

"신군이 아직 오지 않은 게요?"

"낙양에서는 그가 벌써 출발했다고 하오."

"허어… 그쪽에서는 벌써 출발했다는데 이곳에서는 감감무소식이니, 이거야……."

세 사람은 위원회의 최고위층 장로다. 위원회에는 총 10명의 장로가 있으며 이들은 그 10명 중에서 첫째와 둘째, 셋째 서열의 장로들이다.

이들 세 명 중에서도 첫째 서열인 무로(武老)가 장로 전용 휴게실 바깥쪽을 향해 손가락을 딱! 퉁기며 한탄했다.

"신군이 천하 무림을 일통하기를 학수고대했었고 이제야 일차 목적을 이루어서 기뻐했었건만 신군이 증발해 버리다니 이를 어째야 하오?"

무로의 손가락 신호에 대기하고 있던 시녀가 쪼르르 다가와 허리를 굽혔다.

"불러 계십니까?"

무로는 시녀를 보며 온화하게 물었다.

"코냑 뭐가 있느냐?"

"카뮈 VO가 준비되어 있습니다."

"그걸 다오."

"안주는 무엇으로 대령할까요?"

"다크 초콜릿하고 치즈가 좋겠다."

"알겠습니다. 다른 분들께서는……."

둘째 용로(龍老)가 시거를 비벼 끄면서 말했다.

"나는 아주 찬 걸로 필스너 한 캔 갖다 다오."

"필스너우르켈 말씀이십니까?"

"그래."

"나도 우르켈 다오."

셋째 협로(俠老)가 테이블의 벨을 누르며 말했다.

시녀가 술을 가지러 간 사이에 호출당한 공계주(空界主)가 부리나케 달려와서 고개를 조아렸다.

"부르셨습니까?"

BCMT의 전체를 관리하는 곳이 공계이고 그곳의 우두머리가 공계주다.

벨을 눌러 공계주를 부른 용로가 돋보기안경 너머로 그를 그윽하게 바라보았다.

"아직 신군을 찾지 못했나?"

"죄송합니다. 전력을 기울이고 있지만 아직……."

용로는 가느다란 눈을 더 가늘게 만들었다.

"신군을 찾지 못하면 노부가 자넬 어떻게 할 것 같은가?"

공계주는 비지땀을 흘렸다.

"부디… 헤아려 주십시오."

협로가 툭 내던지듯 물었다.

"자네, 신군을 신군의 전용간(專用間)으로 모셨나?"

"당연히 그랬습니다."

"흠… 그렇다면 정확했는데 도대체 어째서……."

그때 시녀가 따라준 카뮤 VO를 한 모금 마시고 난 무로가 넌지시 물었다.

"그 시간대에 그곳에서 호출한 자가 몇 명인가?"

"신군의 천하일통이 끝난 시점이라서 호출이 많았습니다."

"그래서 몇 명인가?

"167명입니다. 하루 최대치입니다."

"이제부터 167명을 한 명씩 차근차근 살펴보게."

공계주의 얼굴이 흐려졌다.

"무로 님의 말씀은 공간이 일그러져서 혼선이 되어 신군께서 166명에 섞였을지도 모른다는……."

"그래."

공계주는 코가 바닥에 닿을 만큼 깊이 숙였다.

"명을 받들겠습니다."

용로와 협로는 맥주 캔을 가볍게 부딪히고 한 모금 들이켰다.

"크으… 역시 맥주는 우르켈이야……!"

*　　*　　*

강도가 탄 좌석 버스는 서울외곽순환도로 위를 나는 듯이 달리고 있다.

차창 밖을 물끄러미 내다보면서 이런저런 상념에 젖어 있던 강도는 퍼뜩 정신을 차렸다.

'맹에 복귀 신고를 하랬었지?'

머릿속 절반 이상은 소유빈 생각으로 꽉 찬 강도에게 복귀 신고 따위가 중요할 리가 없다.

그렇지만 소유빈을 만나기 위해라면 어떤 형태로든 '맹'이라는 곳과 연결이 돼야만 한다.

휴대폰의 卒9.18.BCMT.ma4를 누르고 신호가 한번 가는가 싶더니 즉시 마사가 응답했다.

—복귀 신고 할 건가요?

"그렇습니다."

—일찍도 하는군요. 지금 뭐 하고 있죠?

"졸구일의 명령으로 분당 야탑에 가는 길입니다."

—뭘로 가죠?

"뭘로 가다니……."

—이동 수단이 뭐냐구요.

"버스입니다."

마사가 한심하다는 듯 나직한 한숨을 내쉬었다.

—졸구일에게 뭔가 실수했나요?

"그런 거 없었습니다."

졸구일에게 반말을 했다가 지적을 당했던 일이 있었지만

그까짓 거 대수롭지 않은 일이라고 생각했다.

—언제까지 오랬나요?

"9시 47분입니다."

—절대로 그 시간 안에는 도착하지 못하겠군요. 그러면 체포조가 졸구십팔 당신을 잡으러 갈 거에요.

강도는 졸구일이 자신을 엿 먹였다는 걸 깨달았다.

—복귀 신고 한 후에 내가 야탑까지 빨리 가는 방법을 알려줄 테니까 그걸로 가도록 하세요.

"그게 뭡니까?"

—일단 복귀 신고부터 하세요. 맹의 졸당 팀 연결해 줄게요.

"이보쇼, 마사……."

—졸당입니다. 무슨 일입니까?

강도가 급히 불렀으나 마사는 사라지고 호두 껍데기처럼 단단한 사내 목소리가 흘러나왔다.

"졸구십팔입니다. 복귀 신고를 하려고 하는데 어떻게 해야 하는지……."

—눈을 크게 뜨고 휴대폰 정면을 얼굴에서 30㎝ 앞에 똑바로 세워요.

강도가 시키는 대로 했더니 플래시가 터지면서 찰칵! 하고 사진이 찍혔다.

—졸구십팔 등록됐습니다. 졸당 외전사에게 필요한 재원을 보내겠습니다.

"네……"

뭐가 등록됐다는 것이고, 또 필요한 재원이 뭔지 모르지만 하여튼 알았다고 대답을 했다.

강도가 휴대폰 화면을 보니까 뭔가 복잡한 기호와 알파벳, 한자, 그리고 숫자들의 조합이 좌르르 떠서 아래로 죽죽 밀려 내려갔다.

맹에서 강도의 휴대폰에 뭔가를 전송해 주는 것 같았다.

5초도 되지 않아서 전송이 끝나고 마사의 목소리가 흘러나왔다.

─전송받았죠?

"그런 거 같습니다."

─그중에서 졸당공계(卒堂空界)라는 걸 누르고 나서 누구냐는 물음의 괄호가 뜨면 거기에 당신 호칭을 넣어요.

"졸구십팔 말입니까?"

─그렇죠. 그러면 어디에 갈 거냐는 질문이 뜰 거예요. 분당 야탑이라고 입력하면 좌표가 뜰 거예요.

"좌표요?"

뭐가 뭔지 도무지 모르겠다.

─분당 야탑을 중심으로 한 지도인데 거기에 여러 색깔의 작은 점들이 보일 거예요. 그중에서 야탑역에서 가까운 갈색 점을 손가락으로 터치하세요. 그리고 나서는 휴대폰의 화면 쪽을 몸으로 향하게 하고 스캔하세요. 참고로 갈색 점은 졸당

팀 전용 공계예요.

"그러면 뭐가 어떻게 된다는 겁니까?"

─나한테 고맙다고 할 거예요.

그러고는 마사의 통화가 끊어졌다.

맹에 복귀 신고를 하고 나면 뭔가 풀릴까 싶었는데 이건 더 복잡해졌다.

그렇지만 한 가지는 분명하다. 졸구일이란 놈이 아주 속이 좁은 놈이라는 사실이다.

마사가 아니었으면 강도는 약속 시간에 늦어서 체포조에게 끌려갈 뻔했다.

좌석 버스 앞창 위의 시계를 보니까 9시 45분이다. 이제 2분만 지나면 체포조라는 것이 강도를 잡으러 온다.

그가 쌩쌩 달리고 있는 버스 안에 앉아 있는데 어떻게 체포조가 잡으러 올 것인지는 궁금하지 않다. 어쨌든 지금은 서둘러야 할 때다.

마사가 가르쳐 준 졸당공계에서 '졸당간'이라는 걸 찾아서 누르고 그녀가 시킨 대로 입력을 했더니 '스캔─scan'이라는 명령어가 떴다.

강도는 휴대폰 화면을 자기 쪽으로 향하게 하고 휴대폰을 쥔 오른손을 앞으로 쭉 뻗었다.

버스 맨 뒷자리에는 오른쪽 끝에 강도가 앉아 있고 왼쪽 끝에 여대생으로 보이는 여자가 앉아 있는데 그가 셀카를 찍을 것 같은 동작을 취하자 이쪽을 힐끗 쳐다보았다.

팟―

강도는 아무것도 하지 않았는데 저절로 플래시가 터졌다.

그런데 카메라를 찍을 때의 플래시가 아니라 휴대폰 화면에서 금빛의 흐릿한 빛이 뿜어 나와서 강도의 머리끝에서 발끝까지 위에서 아래로 좍 훑었다.

그러더니 화면에 글이 떴다.

소요시간 10초

강도는 움찔했다.

'뭐야? 설마 야탑역까지 10초 만에 보내준다는 거야? 도대체 어떻게……'

그러고는 다음 순간 스으… 하고 강도의 모습이 그 자리에서 사라져 버렸다.

강도를 쳐다보고 있던 뒷자리 왼쪽 끝의 여대생은 자신의 눈앞에서 강도가 씻은 듯이 사라지자 들고 있던 휴대폰을 떨어뜨리면서 눈을 휘둥그렇게 떴다.

그러고는 목젖이 튀어나올 것처럼 비명을 질렀다.

"꺄아아악―!"

쏴아아―

강도는 허공을 나는 듯한 느낌을 받았다. 주위가 온통 눈부신 금빛에 휩싸여 있는데 강도 자신도 빛이 되어 뭐라고 설명할 수 없을 정도의 빠르기로 날고 있는 느낌이다.

그러고는 그가 놀라서 눈 한번 깜빡거리고 나니까 눈앞의 풍경이 확 바뀌었다.

강도는 어떤 광장의 나무 옆에 서 있으며, 물방울 같은 투명한 막이 그를 감싸고 있었다. 그는 여기가 야탑역 광장일지도 모른다고 생각했다.

그의 앞에서 아줌마 몇 명이 그를 보지 못한 듯 수다를 떨면서 정면으로 다가오고 있었다.

'이제 어쩌라는 거지?'

그런데 그는 조금 뒤늦게 자신의 정면 허공에서 반짝거리며 점멸하고 있는 뭔가를 발견했다.

동작—action

'움직이라는 건가?'

강도는 그렇게 생각하면서 슬쩍 한 걸음 앞으로 내디뎠다.

스으……

그 순간 그를 감싸고 있던 물방울 즉, 이동간(移動間)이 사라지면서 그의 모습이 외부로 드러났다.

"엄마야!"

그와 동시에 앞에서 다가오던 아줌마들 중에 한 여자가 강도와 정면으로 부딪치며 비명을 질렀다.

쓰러지려는 여자를 강도가 급히 팔을 뻗어 허리를 안았다.

"아… 미안해요. 못 봤어요……."

강도가 팔을 풀자 여자는 당황해서 고개를 숙였다.

아줌마들이 뒤돌아보면서 고개를 갸웃거리며 멀어지고 있을 때 강도는 또 다른 의미에서 고개를 갸웃거렸다.

'소요 시간이 10초랬는데 실제로는 1초밖에 걸리지 않은 것 같은데?'

그때 강도의 귀에 누군가의 목소리가 들렸다.

—졸구조, 도로변의 파란색 버스에 탑승한다.

강도가 도로 쪽을 뒤돌아보니까 진짜 파란색 관광버스 한 대가 도로변에 멈춰 있다.

그리고 그가 지켜보고 있는 동안 몇 사람이 그 버스에 오르고 있으며, 또 몇 사람이 버스로 다가가고 있었다.

강도는 버스를 향해 빠른 걸음으로 걸어갔다.

여긴 분당 야탑역이 맞았다.

BCMT 본부 공계부(空界部).

최신형 이지스함의 컴퓨터실처럼 온갖 복잡한 설비와 모니터들이 빼곡하게 설치되어 있으며 그 앞에는 20여 명의 제복을 입은 공계부 요원들이 앉아 있다.

"어엇?"

요원 한 명이 퉁기듯이 벌떡 일어나며 비명 비슷한 소리를 질렀다.

그는 허리를 굽혀 모니터를 한 번 더 확인하더니 한쪽 방향을 보면서 외쳤다.

"계주! 이리 와보십시오!"

의자에 앉아 있던 공계주가 급히 달려왔다.

요원은 모니터를 가리키면서 놀라움을 감추지 못했다.

"여기, 신군 전용간을 방금 누가 사용했습니다."

공계주는 움찔 놀라 허리를 굽혀 모니터를 가까이에서 들여다보았다.

"으음! 그렇군."

모니터에는 신군 전용간을 나타내는 금빛 선(線) 2개가 그어져 있었다.

위의 굵은 금선(金線)은 과거 낙양에서 현재로 이동한 '차원공계'이고, 아래 가느다란 금선은 단순히 공간을 이동하는 이동간이다.

오로지 신군만이 전용으로 사용할 수 있기 때문에 '신군간'이라고 부른다.

위원회에 소속된 사람이라면 어느 누구라도 공계를 이용하면 기록이 남고 또 보존된다.

즉, 언제 어디에서 어느 곳으로 이동했는지의 기록이고 그것은 위원회를 대표하는 10명의 장로들이라고 해도 다르지 않다.

하지만 신군이 사용하는 모든 공계 통칭하여 '신군공계'는 기록을 남기지 않는다. 이유는 하나, 신군이기 때문이다.

BCMT위원회의 최고 절대자인 신군은 어느 누구의 감시나 간섭도 받지 않는다.

공계주는 이 사실을 장로들에게 보고하기 위해서 공계부를 나섰다.

'신군께서 현재로 오신 것은 분명하다.'

버스에는 운전기사를 제외하고 총 18명이 탔다.

누가 자리를 지정해 주지는 않았지만 강도는 맨 뒷자리에 앉았다.

그는 뒷자리를 좋아한다. 다른 사람의 시선을 받지 않기 때문이다.

버스가 출발하자 운전석 바로 뒤에 앉아 있던 사내가 일어나더니 뒤를 향해 섰다.

"나는 졸구조 조장 졸구일이다. 이번에 새로 졸구조에 배치된 사람은 거수해라."

강도를 비롯하여 5명이 손을 들었으며, 남자가 네 명이고 여자가 한 명이다.

"각자 자기소개를 해라. 너부터."

졸구조장은 손을 든 5명 중에서 가장 앞쪽의 사내를 가리켰다.

"어떤 식으로 합니까?"

"현 세계에서의 이력이나 직업 따윈 필요 없다. 무림에서 뭘 했으며 별호가 뭐였는지 정도면 된다. 앉아서 얘기해라."

사내는 버스 안을 둘러보면서 조금 으스대는 표정으로 자신을 소개했다.

"내 이름은 김일중이고, 무림에서 12년 있었습니다. 강서성의 지배자인 용풍방(龍風幇) 전투 무사였습니다. 별호는 일척검객(一擲劍客), 강서무림에서는 꽤 유명했습니다. 혹시 내 별호 들어봤습니까?"

들어봤다는 사람이 아무도 없다.

"그리고 나는……."

"다음."

일척검객이 말을 더 하려는데 졸구조장이 다음 사람을 가리켰다.

그 다음 2명이 자기소개를 하는데 일척검객처럼 중원 변두리의 소문파나 방파에서 삼류무사를 하던 자들이다.

"저는 낙양 신군성(神君城)에 7년 동안 있었습니다."

새로 졸구조에 들어온 5명 중에서 홍일점인 여자가 자신이 '신군성'에 있었다는 말을 하자 모두들 크게 놀라면서 그녀를 쳐다보았다.

놀라기는 강도도 마찬가지다. 낙양 '신군성'은 천하 무림을 일통한 절대신군의 성채였기 때문이다. 말하자면 무림에서 살 때 강도의 집이었다. 신군성에는 8천여 명의 고수와 무사들이 거주했으며, 그들은 강도를 도와서 천하 무림을 일통했었다.

"정말 신군성에 있었느냐?"

졸구조장이 믿을 수 없다는 얼굴로 묻자 여자는 차분하게 대답했다.

"신군성 주작단(朱雀團) 예하 한매궁(寒梅宮)에 있었어요. 따로 별호는 없었고 녹비오(綠婢五)라고 불렸어요. 이름은 한아람이에요."

강도는 새삼스러운 표정으로 녹비오 한아람을 쳐다보았다.

강도에게서 두 칸 앞의 통로 쪽에 앉아 있는 여자는 긴 머리카락을 틀어 올린 모습이다.

제대로 설명하자면 주작단 한매궁은 싸움하고는 거리가 먼 조직이다.

강도의 심복 수하인 사대천왕 중에서 홍일점 주봉이 주작단주이며, 주작단에 소속된 이천여 명 중에서 80%는 전투 고수들이거나 무사들이고, 20%는 거의 여자들로서 신군성의 의전을 담당하고 있다.

녹비오 한아람이 속한 한매궁은 신군성의 성주인 절대신군과 부인을 모시는 시녀들의 조직이다.

"너… 신군을 본 적이 있느냐?"

버스 안에 있는 모두가 궁금하게 여기는 것을 졸구조장이 대표해서 한아람에게 물었다.

"네."

"그으래? 신군은 어떻게 생겼냐? 소문난 것처럼 팔 척 거구에 우락부락하냐?"

한아람은 눈을 반쯤 뜨고 꿈을 꾸는 듯한 표정을 지었다.

"그렇지 않아요. 신군님의 키는 185㎝쯤 되고 매우 잘생기셨으며 다정하고 친절하신 분이에요."

이번에는 졸구조장이 아닌 다른 사람이 물었다.

"신후(神后)님도 봤습니까?"

신군의 아내 소유빈을 '신후'라고 부르는데, '왕비' 혹은 '신군의 부인'이라는 뜻이다.

"물론이에요. 나는 두 분을 가까이에서 모셨어요."

"신후님이 정말 그렇게 아름답습니까?"

"보통 사람이라면 신후님의 존안을 뵙는 순간 눈이 멀어버릴 거예요."

"그 정도입니까?"

"내가 남자라면 그냥 신후님을 한번 뵙는 것만으로도 목숨을 선뜻 내놓을 수 있을 것 같아요."

"야아… 대박이다."

강도는 흐뭇한 미소를 지었다.

'유빈이 예쁘긴 예쁘지.'

앞쪽의 누가 투덜거리듯이 말했다.

"젠장, 그런 여자하고 한번 해봤으면 소원이 없겠다."

싸아… 한 분위기가 버스 안에 자욱하게 깔렸고, 졸구조장을 비롯한 모두 그자를 무섭게 쏘아보았다.

졸구조장이 귀에 꽂고 있는 이어폰 같은 것을 손가락으로 살짝 누르면서 중얼거렸다.

"체포조, 신성 모독이다."

신후하고 한번 해보고 싶다던 사내는 얼굴이 창백하게 변해서 벌떡 일어났다.

"조… 조장, 그냥 농담입니다……."

졸구조장은 대꾸하지도 않고 체포조에게 말했다.

"좌표 전송. 채널 열겠다."

"조… 조장……."

슈우…….

그 순간 갑자기 원통형의 검은색 투명한 유리 같은 것이 사내를 가두었다.

투명하지만 칙칙한 색깔의 원통이 위에서 내리꽂혔는지 바닥에서 솟았는지 찰나지간에 벌어진 일이다. 어쨌든 체포와 잘 어울리는 원통이다.

사내는 원통 안에서 사색이 되어 발버둥을 치는데 밖에서는 한마디도 들을 수가 없었다.

쑤아악!

그러고는 원통이 갑자기 젓가락처럼 가늘어지는 것 같더니 그대로 픽! 사라져 버렸다.

졸구조에 새로 배치받은 5명 중에 삭혼검(削魂劍) 박중기라는 사내가 놀라서 물었다.

"주, 죽은 겁니까?"

졸구조장이 시니컬하게 웃었다.

"죽긴. 한 달쯤 구류 살다가 나오겠지."

"아……."

"물론 외전사 자격은 유지된다. 그 정도 죄로 외전사 자격이 박탈당하지는 않는다."

"그 다음, 졸구십팔. 자기소개해라."

마지막으로 강도 차례가 됐다.

그는 앞서 4명의 소개를 들으면서 자기 신분을 밝히지 않는 것이 좋겠다는 쪽으로 결정을 내렸다.

절대신군의 바다를 가르고, 산악을 쪼개는 능력을 깡그리 잃어버리고 빈껍데기만 남아 있는 그가 자신을 절대신군이라고 소개했다가는 모두의 조롱거리가 되는 것은 물론이고, 어쩌면 방금 사라진 사내처럼 신성 모독이라는 죄목으로 체포, 구류를 살지도 모르기 때문이다.

"나는 낙양 비류보(飛流堡)에 있었던 산예도(狻猊刀) 이강도입니다."

그래서 강도는 자신이 알고 있는 낙양의 어떤 삼류방파 이름을 팔았다.

물론 산예도는 실제로 존재했었던 인물이고 그가 알기로는 삼류무사 수준이었다.

예전에 그냥 스쳐 지나듯이 들었던 별호라서 어떤 인물인지는 모르고 있다.

"졸구십팔, 설마 네가 산예도라는 말이냐?"

그런데 졸구조장은 산예도라는 별호를 알고 있는 것처럼 크게 놀라는 표정을 지었다.

"나는 네가 별호조차 없는 최하류라고 알고 있는데?"

졸구조장뿐만 아니라 다들 꽤 놀라면서 강도를 돌아보았다.

"어쨌든 나는 산예도입니다."

강도는 뭔가 잘못된 것을 느끼면서 떨떠름하게 대답했다.

졸구조장이 의심스러운 표정으로 강도를 쏘아보며 고개를 갸웃거렸다.

"산예도 정도의 고수라면 졸당이 아니라 서너 등급 높은 풍당(風堂)이나 영당(影堂)에 배치됐을 것이다."

졸구조장만이 아니라 다들 강도를 보면서 '저 자식, 사기 치는 거 아냐?'라는 표정을 짓고 있었다.

다만 녹비오 한아람만이 복잡한 표정으로 강도를 주시하고 있다. 하지만 그는 매우 씁쓸한 기분이라서 그녀의 시선을 의

식하지 못했다.

졸구조장이 휴대폰을 꺼내면서 위협을 했다.

"졸구십팔, 솔직하게 말할 마지막 기회를 주겠다. 내가 맹에 확인해서 사기 친 게 드러나면 타인별호사칭죄로 체포조를 부르겠다. 이건 걸리면 구류 한 달로 끝나지 않을 거다."

솔직하게 말하면 더 큰 죄를 지을 것이 뻔하기 때문에 강도는 될 대로 되라는 심정이다.

강도가 말없이 가만히 앉아 있으니까 졸구조장은 '흥!' 하고 코웃음을 치더니 휴대폰 화면을 들여다보면서 엄지손가락으로 버튼을 빠르게 눌렀다.

5초쯤 후에 맹에서 메일을 보냈다.

卒9.18에 대한 자료 누락. 복구 중

'염병……'

졸구조장은 뺨을 씰룩거리면서 휴대폰을 집어넣고 강도를 쳐다보았다.

"졸구십팔, 네가 진짜 산예도라면 나보다 몇 배는 고강할 테니까 앞으로 전투 중에 나를 잘 좀 돌봐다오."

다분히 비아냥거리는 소리다.

졸구조장이 새로 배치된 5명을 위해 전체적인 시스템에 대해서 설명을 시작했다.

"짧게는 5년에서 길게는 20년 동안 무림에 갔다가 돌아왔는데 현 세계에서는 고작 몇 분밖에 지나지 않았다는 사실 때문에 많이 혼란했을 거야."

새로 배치된 5명은 고개를 끄떡이면서 초롱초롱한 눈빛으로 졸구조장을 주시했다.

졸구조장은 자신이 그것에 대해서 설명해 주는 것이 대단한 선심이라도 쓰는 것 같은 표정을 지었다.

야탑역에서 현장으로 이동하는 동안 강도는 졸구조장의 설명을 듣고 자신에게 일어난 일이 어떻게 된 영문인지 대충 알게 되었다.

버스가 분당 인근에서는 제법 크고 높은 매지봉이라는 산 아래에 자리 잡은 분당중앙도서관 주차장에 멈추자 졸구조장이 명령했다

"마음에 드는 사람끼리 2인 1조로 움직인다."

명령이 떨어지기 무섭게 남자들이 우르르 녹비오 한아람에게 모여들었다. 제법 늘씬하고 미인인 한아람과 조를 이루기 위해서다.

강도가 차창 밖으로 우거진 숲을 내다보고 있는데 한아람이 일어나더니 그의 옆으로 와서 앉았다.

"나는 산예도하고 한 조가 될래요."

한아람과 한 조가 되길 원했던 사내들 중에 한 명인 졸구조장은 코를 킁킁거리면서 못마땅한 표정을 지었다.

"졸구십팔의 반반한 얼굴 때문이라면 머잖아서 실망할걸?"

한아람은 생글생글 웃었다.

"아무래도 산예도 같은 고수하고 한 조가 되는 게 생존율이 높겠죠? 그리고 실적도 올릴 수 있을 테고 말이죠."

코웃음을 잘 치는 졸구조장은 또 한 번 냉소를 쳤다.

"흥! 저놈이 진짜 산예도가 맞는다면 말이지. 살아서 돌아오길 바란다. 졸구십이, 십팔."

한아람은 졸구십이다.

졸구조장의 지시로 부조장인 졸구이가 모두에게 이어폰 하나씩을 나누어주었다.

"전음폰을 귀에 꽂도록."

졸구조 18명 9개 조는 매지봉 북쪽 중앙도서관 쪽에서 산으로 진입했다.

졸당 팀에서 보관하고 있던 졸구조 개인의 무기들을 졸당공계 졸당간을 통해서 각자에게 전송해 주었다.

강도에게도 무기가 하나 왔는데, 놀랍게도 무림에서 신군 때 사용했던 전설의 유성검(流星劍)이다. 그는 무기가 10개 정도 있는데 유성검은 그중 하나다.

유성검은 겉보기에 그저 평범해서 누가 봐도 그게 무림 4대

명검이라는 사실을 모를 것이다.

강도가 앞서고 한아람이 뒤따르며 오솔길을 따라서 산을 오르고 있는데 왼쪽 귀에 꽂은 전음폰을 통해서 졸구조장의 목소리가 들렸다.

─3분 후, 11시부터 정확하게 한 시간 동안만 매지봉 전역에 전공(戰空)이 열릴 것이다. 12시면 전공이 폐쇄되니까 한 시간 안에 적들을 소탕해야 한다. 명심하도록.

아까 졸구조장의 설명 중에 맹에 속한 하급 외전사의 싸움은 전공 내에서만 가능하다고 했다.

맹이 보유하여 다룰 수 있는 여러 능력 공간들을 '이공(異空)'이라고 통칭하는데, 전공은 그중 하나다.

청바지에 얇은 바람막이인 푸른색 윈드브레이커를 입은 강도는 오솔길을 오르면서 유성검을 오른쪽 어깨에 메고 버클을 채웠다.

딸깍─

무림에서 사용할 때 유성검의 검실은 백년화리의 껍질로 만든 끈으로 연결되어 있었는데, 지금은 백년화리 끝에 버클을 달아서 예전보다 탈착이 간단해지고 더 단단해졌다.

무림에서 현 세계로 오면서 신군의 모든 것을 잃어버렸다고 여겼는데 유성검이 강도에게 전송된 것은 뜻밖이다.

아까 버스 안에서 졸당간을 이용하여 야탑역 광장까지 1초 만에 도착한 것과 유성검이 강도에게 전송된 것은 아리송한 일이다.

"역시 신군이 맞군요."

뒤따르고 있는 한아람이 조용한 목소리로 중얼거리는 소리를 듣고 강도는 걸음을 멈추고 뒤돌아보았다.

한아람은 강도를 말끄러미 바라보았다.

"아까 산예도라고 소개하셨을 때 뒤돌아보았다가 신군이 거기에 계셔서 깜짝 놀랐어요."

"왜 나를 신군이라고 생각하는 겁니까?"

강도는 시인도 부인도 하지 않은 채 다시 몸을 돌려 산을 오르기 시작했다.

"저는 낙양 신군성에서 신군과 신후를 비교적 측근에서 모셨기 때문에 두 분을 뵐 기회가 많았어요. 그런 제가 어떻게 신군을 알아보지 못하겠어요?"

강도는 묵묵히 걷기만 했다. 자신을 알아보는 동료가 있다는 사실이 잘된 일인지 나쁜 건지 모르겠다.

"더구나 신군의 애검인 유성검까지 전송을 받으셨으니 당신은 신군이 틀림없어요. 유성검은 제가 늘 날을 세우고 기름칠을 하면서 관리했기 때문에 한눈에 알아볼 수 있어요."

한아람을 이해할 수 없다는 표정을 지었다.

"당신이 신군이라는 사실을 졸구조장은 모르고 있는 것 같던데 어떻게 된 일인가요?"

"나도 모릅니다. 현 세계에 돌아오고 나니까 졸구십팔이 돼

"있었습니다."

"말도 안 돼."

한아람은 강도의 두 걸음 뒤에서 바싹 따랐다.

"자세한 건 알 수 없지만 천하 무림을 일통하신 신군을 맹의 최하위 졸당에, 그것도 졸구조에서도 최하무사인 졸구십 팔로 분류를 하다니 이해할 수가 없어요. 무슨 특수 임무를 맡으셨나요?"

"그런 거 없습니다."

아까 졸구조장의 설명에 의하면 맹에는 총 10개 당이 있으며, 그중에서 졸당은 최하위이고, 졸일조(卒一組)에서 졸구조까지 9개 조가 있다고 했다.

강도는 졸당에서 최하 그룹인 졸구조에서도 십팔이니까 맹이라는 곳에서 최하급 외전사인 셈이다.

"저는 조금 전까지 맹에 남을지 말지 갈등했었는데 신군님하고 한 조가 됐으니까 남기로 결정했어요."

한아람이 종알거렸다.

무림에서 현 세계로 돌아온 사람들은 대부분 외전사인데 맹에 남아서 계속 활동을 하거나 맹과 관계를 끊고 일상으로 돌아가는 선택을 각자의 자유의사에 맡긴다고 했다.

맹에 남으면 일단 파격적인 대우와 조건이 주어지는데 아마도 제일 중요한 게 급여일 것이다.

최하위 졸당의 경우 무조건 매월 기본급 500만 원이 지급

되고, 적을 죽이면 적의 신분에 따라서 적 한 두(頭)당 최하 100만 원부터 최고 천억까지 큰 차이의 성과급 즉, 인센티브가 주어진다.

누굴 죽여야지만 천억을 주는지에 대해서는 졸구조장이 설명하지 않았다.

졸구조에서 그런 어마어마한 적을 죽일 외전사가 있을 거라고는 상상하지 않았기 때문일 것이다.

적은 현 세계를 장악하려는 2개의 계(界), 마계(魔界)와 요계(妖界)이며, 그것을 물리치려는 하나의 '계'는 '정계(正界)'이고 달리 '불맹(佛盟)'이라고 부르는데, '불맹'이라는 두 글자도 길다고 그저 '맹'으로 약칭한다.

그러니까 강도의 졸당은 정계 소속이고, 마계와 요계를 현 세계에서 소탕하기 위해서 발족한 비밀결사 조직이다.

"전공이라는 것이 열렸나 봐요."

한아람이 숲 위쪽 울창한 나무 사이로 보이는 손바닥만 한 하늘을 올려다보면서 목소리를 낮추었다.

그녀는 강도 옆에 바짝 붙어서 몹시 긴장한 얼굴로 주위를 두리번거렸다.

"여기 매지봉에는 마계 최하위 무사인 귀부(鬼夫)들이 숨어 있다고 했어요."

강도는 그녀의 말을 건성으로 들었다. 그는 무공이 전혀 없는 상태이기 때문에 적들을 어떻게 상대해야 할지 궁리하고 있는 중이다.

'내공이 없으니까 그냥 초식으로만 싸워야겠다.'

그의 손에 유성검이 있으니까 초식으로만 싸운다고 해도 삼류 이상의 실력을 발휘할 수 있을 것이다.

한아람이 또 종알거렸다.

"신군님께는 마계의 귀부들 따윈 아무것도 아니죠?"

한아람이 무림에서 소속되어 있었다는 주작단 한매궁에는 세 종류의 시녀들이 있었다.

백(白), 녹(綠), 홍(紅)의 순서이고, '백비', '녹비', '홍비'로 부르며, 백비가 가장 높고 홍비가 최하급이다.

한아람은 녹비오니까 두 번째 등급인 녹비의 다섯 번째 서열이었다는 뜻이다.

백비는 신군과 신후를 지척에서 모시고, 녹비는 신군과 신후의 거처에서 의복과 목욕, 식사 등을 준비하며, 홍비는 그 밖의 잡다한 일을 한다.

한아람은 녹비오였으니까 의복과 식사, 무기 관리, 목욕물을 데우거나 향료 등을 준비하면서 강도와 소유빈을 많이 봤을 것이다.

강도는 어떻게 할지 이 궁리 저 궁리하다가 무심코 공력을 끌어 올려보았다.

쏴아아…….

그러자 갑자기 그의 몸에서 어떤 막강한 기운이 뿜어지면서 주위의 풀과 나뭇잎들이 세차게 흔들렸다.

'돌아왔다!'

"적의 목을 완전히 잘라야지만 죽는댔어요. 또 그렇게 해야지만 논공행상(論功行賞)에 오른대요."

논공행상은 적을 죽여서 인센티브를 받는 것이라고 졸구조장이 말했었다.

대낮이지만 매지봉 전역은 하늘이 잘 보이지 않을 만큼 숲이 울창해서 어두컴컴했다.

일단 내공과 여러 기능들이 완벽하게 돌아온 강도는 추호의 두려움도 없이 성큼성큼 전진했다.

한아름은 왼손으로 강도의 윈드브레이커 뒤쪽 끝자락을 살짝 잡고 졸졸 뒤따랐다.

그녀는 신군 곁에만 있으면 절대로 죽을 일이 없을 것이라고 확신했다.

졸구조장은 도대체 마계와 요계가 자신이 살고 있는 현 세계에 어째서 존재하고 있는 것인지, 그들이 구체적으로 어떤 나쁜 짓을 하기에 정계 즉, 불맹이 그들을 소탕하는 것인지에 대해서는 설명하지 않았다.

그냥 우리는 정계이고, 마계와 요계를 죽여야지만 인센티브를 받는다고만 말했다.

"마계의 귀부라는 적이 어떻게 생겼을까요?"

한아람이 뒤에서 따라오며 종알거리고 있을 때 강도는 머리 위 양쪽에서 2개의 물체가 자신들을 향해 내리꽂히는 것을 감지했다.

아니, 조금 전 2개의 물체가 100m 밖에서부터 접근하고 있는 것을 감지했지만 가만히 있었다. 어느 때나 처치할 자신이 있기 때문이다.

강도는 그 2개의 물체가 소위 '귀부'일 것이라고 생각했다.

그는 구태여 쳐다보지 않고도 귀부들의 목을 정확하게 자를 수 있지만 도대체 어떻게 생긴 것들인지 보려고 슬쩍 고개를 들었다.

"저는 한매궁에서 하루에 5시간씩 무공 수련을 했었어요. 그렇지만 제 실력이 어느 정도인지 정확하게 모르겠어요."

강도는 자신들의 머리 위 양쪽에서 3m 거리까지 내리꽂히면서 세 갈래 삼지창 같은 것을 찔러오고 있는 2명을 발견하고 슬쩍 유성검을 들어 올렸다.

사아…….

유성검은 아무런 기척이 없어서 뒤따르고 있는 한아람은 그가 적들을 베고 있다는 사실조차도 몰랐다.

"제 실력으로 귀부 한 명하고 일대일로 싸울 수나 있을지 모르겠……."

쿠쿵!

"앗!"

종알거리던 한아람은 느닷없이 자신의 양옆으로 묵직한 물체가 떨어지자 화들짝 놀라 비명을 지르며 강도에게 달려들고는 왼팔로 뒤에서 백 허그를 했다.

그녀는 수북한 낙엽 위에 검은 옷을 입은 2명이 목에 머리가 분리된 상태에서 몸뚱이가 펄떡거리고, 팔다리가 허우적거리는 광경을 보고는 혼비백산해서 찢어질 것 같은 비명을 지르며 강도에게 더 안겨 들었다.

"꺄아아—"

강도가 급히 몸을 돌려서 왼손으로 그녀의 입을 막았다.

그는 동그랗게 눈을 부릅뜨고 버둥거리는 한아람을 보면서 나직이 중얼거렸다.

"내가 적을 죽일 때마다 이런 식으로 비명을 지를 거라면 같이 행동하지 않겠습니다."

그가 입 막은 손을 떼자 한아람은 당황해서 넙죽 허리를 굽혔다.

"잘못했습니다. 용서하세요……."

강도는 떨림을 멈추고 죽어 있는 2명의 적을 물끄러미 굽어보았다.

그들은 목이 잘라졌는데도 피가 한 방울도 흘러나오지 않았다. 겉모습은 인간하고 거의 흡사하지만 자세히 보니까 조금 다른 점이 있다.

둘 다 눈을 부릅뜨고 있는데 눈동자가 없이 온통 검은색이라는 게 그렇다.

그리고 머리 위 정수리 부근에 더듬이인지 하여튼 안테나 같은 것이 한 뼘 정도 길쭉하게 튀어나와서 갈대처럼 앞으로 꺾여 있다.

졸구조장의 설명에 의하면 그 안테나가 이놈들 귀부의 촉각(觸角)이라고 하는데, 그걸 잘라 오면 귀부를 한 명 죽였다는 사실을 인정해 주고 또 포상을 한다고 했다.

슥—

몇 명의 귀부가 접근하고 있는 것을 감지한 강도가 앞으로 성큼 전진하자 한아람이 바늘에 찔린 것 같은 목소리로 물었다.

"이건 어떻게 하죠……?"

목소리가 와들와들 떨리고 있다.

"촉각을 잘라요."

"이… 이걸 저보고 자르라고요?"

강도는 대꾸하지 않고 계속 전진했다. 한아람이 신군성에서 그와 신후를 모셨다는 것 때문에 그녀를 보호해 줘야겠다는 자비로운 마음 같은 건 애당초 그에게 없다.

계속 저런 식으로 딴죽을 걸면 차라리 내버리고 가는 게 속편할 거라는 생각이다.

"자… 잘랐어요… 제가 귀부의 촉각을 잘랐어요……!"

강도가 점점 멀어지자 비로소 한아람은 자신이 처한 현실을 깨닫고는 쥐고 있던 자신의 55㎝짜리 짧은 검으로 귀부의 촉각을 잘라서 왼손에 쥐고 개선장군처럼 의기양양하게 떠들면서 뒤따라왔다.

우지직!

그때 머리 위에서 나뭇가지 부러지는 소리가 나자 한아람은 급히 위를 쳐다보았다.

그녀는 머리 위에서 귀부들이 우수수 떨어지고 있으며, 그중 한 명이 자신의 얼굴 위로 곧장 쏘아내리는 것을 보고 비명을 지르면서 미친 듯이 검을 휘두르며 옆으로 몸을 날렸다.

"아악!"

파파파팍!

그러고는 귀부 3명이 그녀 주위로 폭격하듯이 떨어졌다.

쿠쿠쿵!

"학학학……."

한아람은 바닥에 주저앉은 채 얼굴이 해쓱해져서 주위를 둘러보았다.

그녀의 가까운 곳에 너덜너덜해진 귀부 한 명이 떨어져 있고, 주위에는 2명의 귀부가 목이 깨끗하게 잘려진 상태로 몸을 퍼덕거리고 있다.

원래 강도가 귀부 3명을 더 죽였는데 그중 한 명에게 한아람이 마구잡이 칼질을 해대서 걸레로 만들어 버렸다.

"헤헤헤… 촉각이 5개예요."

한아람은 언제 비명을 질렀느냐는 듯 등에 메고 있는 가죽으로 만든 작은 백팩을 손으로 툭툭 두드리면서 어린아이처럼 좋아했다.

"또 비명을 지르면 혼자 갈 겁니다."

강도가 뒤도 돌아보지 않고 중얼거리자 한아람은 식겁해서 쪼르르 그를 뒤쫓으며 왼손을 펴서 가슴 앞에 세우고 불호를 외웠다.

"나무아미타불… 앞으로는 절대 비명 지르지 않을 거예요."

그때 그리 멀지 않은 곳에서 애절한 비명 소리가 들렸다.

"으아악!"

그러고 보니까 귀부는 죽을 때 비명을 지르지 않았다. 대체 어떤 존재이기에 목숨이 끊어지는 데도 비명조차 지르지 않는다는 말인가.

비명 소리에 한아람이 강도에게 더욱 바짝 다가들며 두리번거리면서 두려운 목소리로 중얼거렸다.

"우리 쪽 사람의 비명 같아요."

그러더니 그녀는 곧 즐거운 목소리로 종알거렸다.

"촉각 5개면 5백만 원이에요. 이건 그날 바로 지급한댔으니까 땡 잡은 거예요."

강도는 문득 엄마가 생각났다. 10여 년 전에 아버지가 불의의 사고로 돌아가신 이후, 엄마는 강도와 강주 쌍둥이 남매를 키우느라 해보지 않은 일이 없다.

아버지는 빚만 남기고 떠났기 때문에 빚쟁이들에게 살던 집도 뺏기고 세 식구가 거리로 나앉았을 때, 내리퍼붓는 장대비 아래에서 엄마가 얼마나 서럽게 통곡했었는지 강도는 아직도 그 모습을 잊을 수가 없다.

고등학생 때부터 강도 남매는 아르바이트를 했었지만 쥐꼬리만큼 번 돈은 죄다 자신들의 학비로 충당했었다.

월세를 내고, 세 식구가 입으며 먹고사는 일은 오로지 엄마의 몫이었다.

화장품 외판원, 도배 보조, 파출부, 식당 종업원 등 엄마는 궂은일이란 궂은일은 해보지 않은 게 없다.

강도는 그걸 늘 가슴 아프게 지켜보면서도 어떻게 해볼 도리가 없었다.

엄마를 호강시켜 드리는 것은 강도 자신이 대학을 졸업하고 번듯한 직장에 취직한 후로 미뤄야만 했었다.

엄마가 지금 다니고 있는 조그만 가내 공장에서 한 달에 받는 월급이 140만 원이고, 그걸 쪼개서 임대 아파트 임대료를 내고 조그만 적금을 들며 생활을 하고 있으니까 세 식구 생활이라는 것이 얼마나 팍팍할지 짐작할 수 있다.

그런데 귀부 촉각 하나가 100만 원이라고 한다. 촉각 대여섯 개만 자르면 5~600만 원이라는 거금이 들어온다.

그 정도만 되도 엄마는 힘든 일을 하지 않아도 되고, 강주는 편하게 학교를 졸업할 것이며, 강도 역시 돈 걱정 없이 복학할 수 있다.

갑자기 거금을 받은 엄마가 과연 어떤 표정을 지을까 라고 생각한 강도의 입가에 저절로 미소가 떠올랐다.

제3장
나의 독무대

　강도와 한아람이 도착했을 때, 이미 숲 한가운데에서 졸구조 외전사 즉, 졸전사 6명이 귀부들과 치열한 전투를 벌이고 있는 중이었다.

　여기저기 바닥에 졸전사와 귀부 몇 명이 쓰러져 있으며, 모두 꿈틀거리는 것으로 봐서 죽지는 않은 모양이다.

　강도가 재빨리 상황을 살펴보니까 귀부 9명이 졸전사 6명을 포위한 상태에서 압도적으로 우세한 싸움을 벌이고 있다.

　강도가 봤을 때 졸전사와 귀부가 일대일로 싸우면 졸전사가 조금 우세한 것 같다. 하지만 졸전사 6명에 귀부 9명이면 얘기가 달라진다.

졸전사 3명이 부상을 당한 상태로 피를 흘리면서 포위망 안에 쓰러져 있다.

그리고 귀부 2명이 포위망 밖에 쓰러져 있는데, 강도가 지켜보고 있는 중에 쓰러져 있던 귀부 2명이 비척비척 일어나더니 싸움에 합류하고 있었다.

"저것 봐요. 부상당한 귀부들이 아무렇지도 않게 다시 싸우고 있어요."

강도 곁에 붙어 있는 한아름이 그 광경을 보고는 질린다는 듯한 표정으로 속삭였다.

귀부는 반드시 목을 잘라야지만 죽는다고 한 졸구조장의 말이 실감 나는 장면이다.

강도는 딱히 위험에 처한 동료들을 구해주고 싶다는 마음 같은 것이 생기지 않았다. 아직 동료애 같은 것이 없기 때문일 것이다.

하지만 사람인지 괴물인지 모를 흉측한 적들에게 핍박당하는 '인간'을 구해야겠다는 순수한 마음이 들었다.

더구나 여기에는 귀부가 11명이나 있으니까 저걸 다 죽이면 촉각 11개를 얻는다. 강도의 눈에는 '귀부=촉각=100만 원'으로 보였다.

"저는 여기에 있을까요?"

강도가 싸움을 하고 있는 곳으로 가려는데 한아름이 불쑥 말했다.

"알아서 하세요."

"예전처럼 하대를 하세요."

강도가 뒤돌아보면서 대꾸하고는 몸을 돌리는데 한아람이 또 한마디 했다.

"입 닫고 있어라."

강도는 쳐다보지도 않고 내뱉었다.

'피이……'

입술을 삐죽 내미는 한아람은 싸우고 있는 귀부들 뒤로 다가가는 강도의 뒷모습을 지켜보았다.

그런데 한아람은 강도의 발이 바닥에서 30㎝가량 허공에 뜬 상태에서 스르르 미끄러져 가고 있는 광경을 보고 속으로 감탄을 터뜨렸다.

'아아… 허공을 걷는다는 능공허보(凌空虛步)야! 과연 신군이시다……'

*   *   *

"유성검이 전송됐습니다!"

맹의 모든 병기를 담당하는 병계주(兵界主)가 전황(戰皇)의 집무실로 뛰어들면서 외쳤다.

마사지를 좋아하는 전황을 위해서 특별히 제작된 침대에 엎드려서 늘씬한 비키니의 여자들에게 오일 마사지를 받고 있던 전황이 고개를 들고 실눈으로 병계주를 쳐다보았다.

"신군이 가져갔느냐?"

신군의 전용 병기고인 '신군병고(神君兵庫)'에서 반출되는 무기의 행방에 대해서는 맹의 어느 누구도 알지 못한다는 사실을 전황은 잘 알면서도 부질없이 그렇게 물었다.

벌거벗은 전황이 특수 침대에서 몸을 일으켜 앉자 마사지를 하던 2명의 여자 중 한 명이 타월을 그의 하체에 살짝 덮어주었다.

"그렇겠지요."

전황의 무의미한 물음에 병계주는 애매하게 대답했다.

맹의 제2인자인 전황은 이름 그대로 '전투의 황제'다. 그는 지금껏 누구하고 싸워서 한 번도 패한 적이 없었던 전설적인 인물이다.

"흠, 누군가 신군 전용간인 신군간을 사용하고, 또 유성검을 가져갔다면 신군이 현 세계에 온 게 분명하군."

한 여자가 앉아 있는 전황의 등을 안마하고 다른 여자는 쭉 뻗은 다리를 주물렀다.

"그렇습니다."

"현재 싸움이 벌어지고 있는 지역은……."

"그게……."

"많겠지."

10개 당 최고위 무당(武堂)부터 최하위 졸당까지 90개 조에 외전사의 수만 1,620명이다.

"제가 뽑아왔는데 현재 맹의 90개 조 중에서 26개 조가 전투 중입니다."

그렇다면 26개 조 468명 중에 한 명이 신군이라는 얘기다.

전황은 눈살을 찌푸렸다.

"신군이 현 세계에 도착한 건 분명한데, 떳떳하게 나타나지 않다니 도대체 무슨 꿍꿍이인 거야?"

전황은 신군을 탐탁지 않게 여겼다. 신군을 영입하지 않고 자신의 탁월한 지휘만으로도 충분히 마계와 요계를 물리칠 수 있다고 자신하기 때문이다.

"이 사실을 누가 아느냐?"

"아무도 모릅니다. 곧장 전황께 보고드리는 겁니다."

전황의 물음에 병계주는 두 손을 비볐다.

"잘했다."

전황의 칭찬에 병계주는 허리를 굽실거렸다. 전황은 말로만 칭찬하는 성격이 아니라는 걸 잘 알기 때문이다.

강도는 산예도 정도의 실력만을 발휘하면서 싸웠다.

낙양에 있을 때 산예도라는 별호를 우연히 들은 적이 있지만 그의 실력이 어느 정도인지는 모른다.

하지만 강도가 싸우는 광경을 안목 있는 누군가 봤다면 산예도보다 3배 이상 뛰어난 무공 실력이라는 사실을 즉시 알아봤을 것이다.

그렇지만 강도로선 한 걸음에 100m를 뛸 수 있는 사람이 겨우 1m만 찔끔거리면서 가려니까 죽을 맛이다.

그래도 한아람 아닌 다른 동료들이 보는 앞에서 신군의 진면목 즉, 경천동지의 신위를 펼칠 수는 없다.

어떻게 돌아가고 있는 상황인지 아직 제대로 모르기 때문에 이럴 때는 몸을 사리는 게 좋다.

하지만 강도는 지니고 있는 실력의 1/100 정도만 발휘하고서도 3분 만에 귀부 5명의 목을 잘랐다.

한아람은 강도 뒤를 졸졸 따라다니면서 그가 목을 자른 귀부의 촉각을 자르느라 정신이 없다.

강도는 귀부 11명을 다 죽일 수 있었지만 동료들을 위해서 6명을 남겨주는 아량을 베풀었다.

그는 귀부 5명의 목을 잘라서 한아람이 촉각을 자르도록 했고, 나머지 6명의 귀부는 목을 절반만 자르거나 싸우는 도중에 알게 된 귀부의 약점인 가슴 한복판을 찔러서 약 1분 동안 무기력하게 만들었다.

1분이 지나면 목이 절반 잘라지고, 가슴 한복판을 찔렀다고 해도 귀부들의 상처가 스스로 치료돼서 다시 날뛰기 때문에 동료들은 재빨리 귀부의 목을 자르고 이어서 촉각도 잘라 챙겼다.

어떤 자가 욕심을 내서 촉각 2개를 가지려고 했지만 한아람이 빽 소리를 질러서 제지했다.

"하나씩 사이좋게 나눠서 갖도록 하세요!"

졸전사들은 강도가 아니었으면 촉각을 얻기는커녕 모두 이곳에서 산중고혼이 됐을 것이라는 사실을 잘 알기에 강도의 대변인 격인 한아람의 말에 고분고분 따랐다.

강도는 10개의 촉각을 얻었기 때문에 오늘 수입으로 그 정도면 충분하다고 생각했다.

한아람에게 5개를 준다고 해도 오늘 하루 500만 원이라는 엄청난 수입이 생겼다.

싸움이 끝나고 나서 졸전사들은 강도 주위로 모여들었다.

"굉장하군요! 나는 처음부터 형씨가 비류보의 산예도라는 사실을 믿었습니다."

"조장 그 자식, 눈이 썩었지. 어떻게 산예도를 못 알아볼 수가 있는 거지?"

동료 중 몇 명이 강도에게 엄지손가락을 치켜세우며 입에서 침을 튀겼다.

한아람은 방금 칭찬한 2명이 아까 버스에서 강도를 비웃었던 무리 중에 2명이라는 사실을 알고는 눈꼴시어서 한마디 해주려는데 마침 그때 모두의 전음폰이 울렸다.

─상황 보고하라.

조장 졸구일이다.

동료들이 강도를 쳐다보았다. 조금 전의 전투로 은연중에 강도가 이 무리의 리더가 되었기 때문에 그의 지시를 기다리는 것이다.

서열대로 한다면 졸구칠이 이 무리의 리더지만 그는 알아서 꼬랑지를 내렸다.

강도가 가볍게 고개를 끄떡였다. 귀부 몇 명의 모가지를 자른 덕분에 졸지에 영웅이 돼서 촐싹거리는 행동이 아니라, 오랜 세월 지존 중에서도 지존의 품격이 온몸에 배어 있는 오만하면서도 위엄 있는 포스 작열이다.

그런 강도의 행동 하나에도 동료들은 존경심을 팍팍 뿜어내며 우러러보았다.

강도의 무언의 허락을 받은 졸구칠이 귀에 꽂은 전음폰을 누르며 보고했다.

"귀부 11개 모가지 잘랐습니다."

─뭐… 야?

졸구칠은 의기양양하게 떠들었다. 반면에 졸구일은 자기가 잘못 들었다고 생각한 모양이다.

"반복합니다. 귀부 모가지 11개 잘랐습니다."

─어… 누가? 아니, 몇 명이?

조장 졸구일의 목소리는 모두의 전음폰으로 다 들렸다.

졸구칠은 다시 강도를 쳐다보고 나서 보고했다.

"산예도를 비롯해서 8명입니다."

─어어… 그래?

"부상 3명 있습니다. '구출이동간' 요청하겠습니다."

—알았다. 그런데 말이야.

졸구조장은 할 말이 남은 모양이다.

"말씀하십쇼."

—졸구십팔 귀부 몇 놈 죽였나?

졸구칠의 입꼬리가 치켜 올라갔다. 속 좁은 졸구일이 그렇게 물어볼 줄 알았다는 표정이다.

"산예도는 다 합쳐서 촉각 10개를 잘랐습니다."

졸구조장은 졸구십팔에 대해서 물었지만 졸구칠은 산예도라는 호칭을 써서 대답했다.

—음……

졸구조장의 무거운 신음 소리가 왜 그렇게 고소한지 다들 소리 죽여서 키득거렸다.

강도는 이 정도로 오늘 전투가 끝났나 했더니 졸구조장은 매지봉 어딘가에 있는 귀부굴을 찾아내서 봉인(封印)을 해야지만 오늘 임무가 끝난다고 했다.

강도는 혼자 행동하고 싶었으나 다들 그를 혜성처럼 나타난 굉장한 리더라고 굳게 믿고 쫄레쫄레 뒤따라오는 통에 어쩔 수 없이 동행했다.

"귀부굴이 뭡니까?"

매지봉 산속으로 더 깊이 이동하면서 강도가 졸구칠에게

물었다.

"말 그대로 귀부들의 소굴입니다. 나도 본 적이 없습니다. 분당 제7지역 즉, 야탑동에서 활개치고 다니는 귀부들은 죄다 이곳 매지봉 어딘가에 있는 귀부굴에서 나오는 거라고 합니다."

졸구칠은 몹시 공손하게 설명했다.

"귀부들이 무슨 짓을 하기에 소탕하는 겁니까?"

강도가 목숨을 살려주고 귀부 촉각을 하나씩 얻게 해주지 않았으면 이런 질문에 대답해 줄 선임들이 아니다.

"우리도 잘 모르는데… 귀부들은 여기저기 돌아다니면서 사고를 치는 것 같습니다."

졸구팔이 말을 받았다.

"예전에 졸당 바로 위의 병당(兵堂) 병전사(兵戰士) 몇 명하고 작전을 같이한 적이 있었는데, 그때 병전사 말이 여기 분당 제7지역 귀부굴이 인중병원을 접수했다는 말을 들었습니다."

강도는 어이없다는 표정을 지었다. 인중병원이라면 분당에서 두 번째로 큰 종합병원인데 귀부들이 그걸 어떻게 접수를 했으며 접수해서 뭘 어떻게 한다는 말인가.

"병전사 말로는, 마계가 원하는 것은 인간의 정혈(精血)이라고 합니다. 정혈을 흡수하면 마력(魔力)이 강해지고 그걸 약으로 만들어서 팔기도 한답니다."

강도가 듣기에는 얼토당토않은 얘기 같아서 다른 걸 물어보았다.

"귀부굴은 어떻게 찾습니까?"

선임들은 대수롭지 않다는 듯 떠들었다.

"맹의 공계부에서 음파탐지기를 띄워 탐색해서 조장에게 알려주는 겁니다."

"어차피 우리 눈에는 보이지도 않습니다."

6명 중에 이번에 졸구조에 강도와 같이 배치된 3명이 있는데 그들은 아는 게 없어서 대화에 끼지도 못했다.

"귀부들은 서로 초음파를 내서 의사소통을 한다던데……."

선임 중 한 명이 혼잣말처럼 중얼거리자 졸구칠이 손을 저었다.

"2만 헤르츠에 가까운 초음파를 어떻게 인간 귀로 듣는다는 거야? 음파탐지기 아니면 불가능해."

졸구칠은 고개까지 절레절레 저었다.

"나는 매지봉에 몇 번 작전을 나왔었는데 그때마다 음파탐지기로 귀부굴을 찾는 데 실패했었습니다."

한아람이 톡 끼어들었다.

"졸구칠, 당신은 귀부 모가지 자른 적 있어요?"

졸구칠은 한아람을 대수롭지 않게 여기지만 강도 때문에 조금 공손하게 대답했다.

"한 놈 잘랐습니다."

한아람은 동료나 선임들이 강도 때문에 자신에게 고분고분한 게 좋은지 짐짓 엄숙하게 또 물었다.

"몇 번 전투에 한 놈 자른 거죠?"

졸구칠이 머쓱한 표정을 지었다.

"세… 번이었습니다."

한아람 얼굴에 비웃음이 떠올랐다.

"에계……."

강도를 비롯한 졸전사 8명은 함정에 빠졌다.

그곳은 얕은 시냇물이 흐르는 계곡이었다.

강도 일행이 시냇물 가장자리를 일렬로 걸어가는데 느닷없이 계곡 위 양쪽에서 귀부들이 우박처럼 쏟아지고, 또 시냇물속에서도 귀부들이 튀어나왔다.

강도는 잠시 정계와 마계, 요계의 관계에 대해서 생각을 하고 있던 중이라서 귀부들이 매복해 있다는 사실을 깜빡 놓쳤다.

계곡 꼭대기는 그다지 높지 않았고, 시냇물은 무릎까지 올 정도로 얕았는데 그곳에서 한꺼번에 귀부가 무려 20여 명이 와르르 튀어나와 그대로 공격해 오고 있는 것이다.

어두컴컴한 계곡에 삼지창의 푸른빛이 번뜩이는 데다 계곡위에서 공격하는 귀부들은 커다란 투망 같은 그물을 넓게 펼쳐서 던지기까지 했다.

"와앗!"

"함정이다! 튀어라!"

강도와 한아람을 제외한 6명의 졸전사는 혼비백산해서 비명을 지르며 사방으로 도망쳤다.

강도가 순간적으로 판단했을 때, 그가 산예도 정도의 실력 발휘를 했다가는 자신과 한아람을 제외한 6명은 죽거나 중상을 입을 게 분명했다.

'어쩔 수 없군.'

그의 유성검이 춤을 추었다.

번쩍!

찰나는 불교 용어인데 0.013초를 뜻한다. 강도는 찰나에 유성검에서 정확하게 23개의 검기(劍氣)를 뿜어냈다.

파파파아아―

유성검에서 23곳의 방향으로 폭사(輻射)된 검기들은 한 치의 오차도 없이 귀부 23명의 목을 절단했다.

강도가 맨 뒤에서 가고 있었기 때문에 7명은 그가 전개하는 초식을 아무도 보지 못했다.

단지 번갯불 같은 빛줄기가 부챗살처럼 자신들의 곁을 스쳐 지나는 것만 봤을 뿐이다.

쿠쿠쿵! 첨벙!

공격하던 23명의 귀부들 목이 잘라져서 졸전사 주위와 시냇물에 후드득 한꺼번에 추락했다.

강도를 제외한 7명의 졸전사들은 너무 놀라서 그 자리에 얼어붙어 움직이지 못했다.

10초 정도 지나서야 다들 냉동실에서 꽁꽁 얼었다가 따뜻한 곳에서 해동된 것 같은 표정을 지었다.

"으흐흐… 뭐야? 도대체 어떻게 된 거지?"

"귀부 놈들 다 모가지가 잘라졌어……."

그러고는 다음 순간, 졸전사들은 약속이나 한 것처럼 다들 강도를 쳐다보았다.

산예도가 이 정도 실력은 아니지만 그래도 무리 중에서 가능성이 가장 큰 사람이 그나마 강도뿐이기 때문에 반사적으로 그를 쳐다보는 것이다.

졸전사들은 강도가 오른손에 유성검을 쥐고 늠름한 모습으로 서 있는 것을 보고는 그에게 묻지 않아도 어떻게 된 일인지 짐작했다.

"아아… 어떻게 한 겁니까?"

"하… 한 번에 저놈들을 다 죽인 겁니까? 그것도 죄다 정확하게 모가지를 잘랐군요."

강도는 쓸쓸한 미소를 지을 뿐 아무 말도 하지 않았다.

졸구칠은 복잡한 표정으로 강도를 쳐다보았다.

"내가 알고 있는 낙양 비류보의 산예도는 이 정도로 고강하지 않습니다. 당신은 도대체 누굽니까?"

넙데데한 졸구팔이 얄팍한 무공 지식을 꺼냈다.

"일 초식에 이십 개 이상의 검기를 폭사할 수 있는 인물은 무림에서 한두 명뿐일 겁니다."

졸구팔은 틀렸다. 그 정도의 고수는 무림에 열 명쯤 존재했었고, 강도를 빼면 모두 그의 수하였거나 나중에 천하 무림을 일통하여 수하로 굴복시켰다.

그렇지만 강도가 입을 꾹 다물고 있어서 다들 더 이상 캐묻지 못하고 그의 눈치만 봤다.

눈치 빠른 한아람이 그들을 일깨워 주었다.

"이분이 아니었으면 우리 모두 함정에 빠져서 귀부에게 죽었을 거예요. 바꿔서 말하면 이분은 우리를 살리려고 어쩔 수 없이 숨은 실력을 발휘한 거예요."

한아람의 말은 효력이 있었다. 졸전사들은 고개를 크게 끄덕이며 공감했다.

"그러니까 이분이 누군지 캐물어서 곤란하게 만들지 마세요. 이분이 당신들을 모두 죽게 놔뒀어야 했나요?"

하지만 사람의 호기심이라는 것은 억누른다고 해서 가라앉는 것이 아니라 오히려 더욱 고개를 쳐드는 법이다.

졸전사들은 한아람의 말을 백번 공감하면서도 강도가 누군지 궁금해서 미칠 지경이다.

졸전사들은 오늘 있었던 일을 여기저기 마구 떠벌리고 다닐 게 분명하다.

강도가 자신이 신군이라는 사실을 밝히든지 다른 말로 둘

러대든지 이들은 오늘 있었던 일을 혼자만의 비밀로 간직하지
는 않을 것이다.

거래 없이는 비밀도 없다.

강도는 거래를 말로 하지 않고 행동으로 보여주었다.

목을 잘라서 죽인 23명의 귀부에게서 잘라낸 23개의 촉각
을 자신과 한아람을 제외한 모두에게 고루 2개씩 나누어주었
다.

졸전사 6명은 아까 것까지 도합 3개씩의 귀부 촉각을 갖게
되었으니 3백만 원을 번 것이다.

한아람이 강도의 의도를 짐작하고는 졸전사들에게 한마디
만 했다.

"이제 우린 한 팀이에요."

졸전사들은 앞으로 강도하고 한 팀으로 행동하는 한 공치
는 날은 없을 거라고 확신했다.

한 팀이면 비밀도 지켜야 한다.

제4장
각성(覺性)

　매지봉 작전이 종료됐고 졸전사들은 출발지인 분당중앙도서관 주차장 버스 안에 집결했다.

　매지봉 전역에 쳐져 있던 전공은 거두어졌고 모두에게 전송됐던 능력도 회수되었다.

　강도는 한 시간 동안 절대신군이었다가 다시 평범한 이강도로 돌아왔다.

　"젠장, 음파탐지기가 귀부굴을 찾지 못했다. 놈들이 음파탐지기가 뜬 걸 알고 쥐 죽은 듯이 조용했던 거다."

　버스 앞창을 등지고 선 졸구조장은 맨 뒷자리 창 쪽에 앉은 강도를 노골적으로 뚫어지게 주시하면서 설명했다.

사실 맹에서는 이곳 매지봉에 오늘까지 8번 졸전사들을 파견했지만 번번이 귀부굴을 찾지 못했다.

졸구조장이나 졸구조 졸전사들은 그럴 것을 미리 예상하고 있었기 때문에 별로 실망하지 않았다.

아니, 오히려 죽거나 다치지 않고 무사히 귀환한 것을 다행으로 여겼다. 아무리 촉각 하나에 100만 원씩 번다고 해도 목숨보다 귀한 건 없다.

강도네 팀은 계곡 시냇가에서 23명의 귀부를 강도가 단 일초식에 몰살한 후론 더 이상 귀부를 발견하지 못했다.

하지만 강도가 세운 전공은 대단했다. 강도네 팀이 합동으로 올린 전공이라고 얘기했지만 사실 강도 혼자서 귀부 39명을 죽인 것이나 다름이 없다.

오늘 매지봉 전투에서 졸구조는 사망자는 없고 부상 4명의 피해를 입었다.

그리고 강도 팀을 제외한 다른 졸전사들은 4명의 귀부를 죽여서 4개의 촉각을 얻는 저조한 전과를 올리는 것에 그쳤다.

그러므로 강도 팀이 올린 무려 39개의 촉각 획득은 모두를 기가 질리게 만들기에 충분했다.

"각자 획득한 촉각을 제출해라."

졸구조장의 명령에 다들 조용한데 버스 맨 뒷자리에 몰려 있는 강도 팀만 신바람이 났다.

강도 팀 대표로 한아람이 촉각 39개를 버스 앞에 마련된 수거함에 하나씩 넣으면서 그것을 획득한 졸구조원의 이름을 입력했다.

최다는 졸구십팔 이강도 15개.

두 번째는 졸구십이 한아람 6개.

강도가 두 사람 몫인 21개에서 한아람더러 10개를 가지라고 넌지시 말했지만 양심이 있는 그녀는 자신이 6개를 갖고 강도에게 15개를 몰아주었다. 그리고 졸구칠부터 졸구십칠까지 6명은 각각 3개씩이다.

촉각 2개를 획득해서 의기양양했던 졸구조장이나 각각 하나씩 얻은 졸구사와 졸구오는 기가 팍 죽었다.

버스 안 졸구조의 기세는 완전히 강도 팀 쪽으로 넘어왔다.

졸구조장은 강도가 산예도라는 사실을 더 이상 의심하지 않았고 이제는 그의 눈치까지 보게 되었다.

강도 팀 조원들은 오늘 계곡에서 보았던 강도의 어마어마한 실력에 대해서는 입도 뻥긋하지 않았다. 이후 강도와 한 팀이 되어 꾸준히 귀부 촉각을 얻으려면 그 비밀을 철저하게 지켜야 하기 때문이다.

졸구조장은 여전히 강도를 쳐다보면서 잔뜩 주눅 든 듯한 목소리로 말했다.

"모레 오전 10시까지 야탑역 광장에 집합한다. 모레 작전은 매지봉에 있는 귀부굴 소탕이다."

그는 한아람을 손짓으로 불러서 5장의 카드를 주었다.

"가서 나눠줘라."

자리로 돌아온 한아람이 제일 먼저 '이강도'라는 이름이 찍힌 체크카드를 그에게 주고 자기 것을 챙겼으며, 오늘 새로 온 3명에게도 체크카드를 나누어주고 있을 때 졸구조장이 말했다.

"새로 온 조원은 각자의 휴대폰에 새로 배정받은 직장에 대해서 전송했으니까 내일은 그곳으로 출근해라."

한아람이 의아한 얼굴로 물었다.

"출근도 해야 합니까?"

"왜? 곤란한 거냐?"

"현재 다니고 있는 직장이 있어요."

"선택해서 다닐 수 있다."

"그렇다면 지금 다니고 있는 직장에 다니겠어요."

졸구조장은 선선히 고개를 끄떡였다.

"마음대로 해라. 단 그럴 경우에는 기본급 5백만 원은 받지 못한다."

"엑?"

한아람은 누가 목을 조르는 것 같은 소리를 냈다.

부상당한 4명을 제외한 졸구조 14명은 야탑역 광장에 도착해서 버스 안에서 해산하여 흩어졌다.

누가 모이라고 한 것도 아닌데 한아람을 비롯한 7명은 강도 주위로 모여들었다.

"보스, 집이 어딥니까?"

행동으로 강도의 심복을 자처하고 있는 졸구칠이 스스럼없이 강도를 '보스'라고 부르면서 친근한 얼굴로 물었다.

"부천입니다."

"오… 나는 부평입니다."

한아람이 졸구칠을 슬쩍 밀어내고 강도 옆에 바싹 붙었다.

"저는 목동이에요."

"오늘 저녁에 우리 팀, 부천에서 뭉치는 거 어떻습니까? 단합 대회 한번 합시다."

다들 좋다고 동의했지만 강도는 가타부타 대답하지 않았다.

부천 지리에 빠삭한 졸구칠은 제 마음대로 부천 북부역 근처 해물탕집에 저녁 7시에 모이자고 제의했다.

강도는 판교까지 갔다가 그곳에서 부천행 버스를 탈 생각이었는데 계획이 바뀌었다.

한아람이 차를 갖고 왔다면서 태워다 주겠다는 것이다.

강도는 집으로 돌아갈 때에도 맹의 이동간 즉, 졸당간을 사용할 수 있을까 생각했다가 그만두었다.

"아까 올 때 졸당간 사용하지 않았니?"

조수석에 앉은 강도의 물음에 한아람은 입술을 삐죽거렸다.

"누가 가르쳐 줬어야 말이죠."

"너 졸당 메신저 누구냐?"

"ma4 마사라고 하던데요?"

싸가지 없는 마사가 졸구조 전체 메신저인 모양이다. 강도에게 그랬던 것처럼 한아람에게도 졸당간 사용법을 가르쳐 주지 않았던 모양이다.

평소 차를 좋아하는 강도는 한아람의 차가 벤츠 C220 CDI 아방가르드 2012년 모델이라는 것을 한눈에 알아보았다.

"중고예요. 지난달에 적금 깨서 출퇴근용으로 샀어요."

한아람이 차를 출발시키면서 종알거렸다.

"이런 차 얼마나 하냐?"

"싸요. 6만 5천 ㎞ 탄 건데 2,600만 원 줬어요."

2,600만 원이나 줬으면서 싸다고 말하는 한아람은 금수저까진 몰라도 은수저쯤 되는 모양이다.

강도한테 이런 차는 아직은 무리다. 우선 돈을 모아서 임대 아파트에서 벗어나야 한다.

강도는 싸더라도 방 3칸짜리에 욕조와 거실이 있는 아파트를 사야겠다고 오늘 계획을 세웠다.

오늘 매지봉 전투에서 촉각 15개를 얻어서 무려 1,500만 원이라는 거금을 벌었기 때문에 가능한 계획이다.

그렇게 열 번쯤 벌어서 모으면 아파트를 살 수 있지 않을까? 사실 강도는 아파트 시세를 전혀 모른다. 오늘부터라도 인터넷을 뒤져서 원하는 아파트 가격을 알아볼 생각이다.

"와우! 정말 굉장해요. 제가 하루에, 아니, 한 시간 만에 6백만 원이나 벌다니 믿어지지 않아요."

한아람은 신나서 떠들어댔다.

"이런 식으로 한 달에 서너 번만 전투에 나가면 기본급하고 합쳐서 2~3천만 원은 훌쩍 넘을 거예요."

그녀는 운전하다 말고 핸들에서 손을 떼더니 두 손을 맞잡고 몸부림을 쳤다.

"꺄악! 너무 신나서 졸도할 거 같아요!"

한아람이 졸도하거나 말거나 강도는 다른 생각을 하기 시작했다.

'능력을 맹에서 보내주었다가 작전이 끝나면 회수하는 것 같은데……'

동료들 말로는 맹에는 최고위 무당부터 최하위 졸당까지 10개 당에 각 당에는 9개씩의 조가 있으며 전체 90개 조에 1,620명의 외전사가 있다고 했다.

그런데 맹이 어떤 방법으로 1,620명이나 되는 외전사들의 능력을 마음대로 전송하고 회수할 수 있는지 강도로서는 이해되지 않았다.

이동간을 이용해서 외전사를 공간 이동 시키거나 무기를

전송해 주는 것은 어떻게든지 머리를 쥐어짜면 이해하지 못할 것도 없다.

과거와 미래로 이동하는 것이나 이 공간에서 저 공간으로 이동하는 것은 공상 소설이나 TV에서 숱하게 나온 얘기이며 또 실현 가능한 일 같기도 하다.

그렇지만 능력은 그것과 다르다는 게 강도의 생각이다. 물체를 이동시키는 것과 만져지지도 보이지도 않는 능력을 이동시키는 것은 분명히 다른 얘기다.

'마사는……'

강도를 비롯한 졸구조를 관리하는 졸당 메신저 마사는 아까 아침에 강도네 임대 아파트로 찾아와서 그의 가슴에 오화권을 한 방 먹였었다.

'그녀는 평상시에도 능력을 지니고 있는 것 같은데……'

거기까지 생각한 강도는 뭔가 퍼뜩 떠올랐다.

'혹시 능력은 전송해 주는 것이 아니라 몸에 있는 것을 깨우쳐 주는 게 아닐까?'

그렇게 생각하니까 그게 맞을 것 같기도 하다.

강도가 무림에서 5년 동안 혹독하게 배우고 3년 동안 수만 번의 전투와 싸움을 거치면서 성숙시킨 무위(武威)는 뺏었다가 주입시켜 주는 그런 게 아니다.

'그 능력은 언제나 내 몸에 있는 상태인데 맹에서 전투할 때 매지봉 전역에 펼친 '전공'이라는 것이 그 능력을 일깨워

주는 거라면?'

이른바 각성(覺性)이다. 평소에는 잠잠해 있는 능력을 맹에서 보내준 '전공'의 어떤 전파나 기운 같은 것이 깨워주는 것일지도 모른다.

"신군님, 이따 단합 대회 가실 거예요?"

한아람이 묻는데 강도는 생각에 열중하느라 듣지 못했다.

"신군님!"

그녀가 좀 큰 소리로 부르자 강도는 힐끗 그녀를 쳐다보면서 조용하라고 꾸짖으려고 했다.

"……"

그런데 강도는 한아람을 쳐다보다가 움찔 놀랐다.

한아람 옆 창밖에서 한 대의 차가 무서운 속도로 곧장 달려오고 있는 것을 발견했다.

그 차는 앰뷸런스였다. 앞창 아래에 '인중병원'이라고 적혀 있으며 강도와 한아람이 탄 벤츠 C220의 운전석 3m까지 쇄도하고 있는 중이다.

'인중병원?'

제7구역 귀부들이 분당 인중병원을 접수했다는 졸구팔의 말이 번뜩 생각났다.

찰나의 순간, 강도의 시선이 앰뷸런스 운전석으로 향했다.

운전석에는 제복에 모자를 쓴 사람이 핸들을 잡고 있는데 입가에 흐릿한 미소가 떠오른 것이 강도의 눈에 똑똑히 보였다.

그뿐만이 아니다. 운전석의 제복 입은 사내의 눈에 눈동자가 없고 온통 새카맣다.

그 옆에 앉아 있는 사람은 여자인데 그녀도 눈동자 없이 눈이 까맣다.

'귀부!'

앰뷸런스가 벤츠 C220 운전석을 들이받고 있을 때 강도의 왼손이 한아람의 뒷덜미를 움켜잡고 있었다.

한아람의 뒷덜미를 잡고서 뭘 어떻게 하겠다는 방법 같은 것은 없다.

그저 어떻게 하든지 위험에서 벗어나야 한다는 절박함만 가득할 뿐이다.

'이동간!'

바로 그 순간 강도가 생각해 낸 것은 맹의 이동간을 통해서 지금의 이 위기에서 벗어나는 것이다.

강도가 사용할 수 있는 이동간은 졸당공계의 졸당간이며 휴대폰에서 순서대로 터치를 해야 하는데, 휴대폰을 꺼내지도 않았으며 소리쳐 부르지도 않고 머릿속으로만 생각했다.

와작!

"아악!"

거센 충격과 한아람의 찢어지는 비명 소리가 동시에 터졌다.

콰과과각—

옆구리를 받친 벤츠 C220이 죽 밀려가다가 팽이처럼 팽그르르 회전하면서 굴렀다.

"아앗! 저게 뭐예요?"

강도는 공중에 떠올라 있었다.

그의 왼손에 뒷덜미를 붙잡혀서 같이 떠오른 한아람이 아래를 내려다보며 찢어지는 비명을 질렀다.

두 사람의 10m 아래에서는 앰뷸런스가 빙그르 돌면서 막 멈추고 있으며, 그 앞쪽에서 벤츠 C220이 마치 볼링공에 맞은 볼링핀처럼 데굴데굴 미친 듯이 굴러가고 있다.

"이 새끼들!"

강도는 천근추의 수법을 발휘하여 아래로 뚝 떨어져 내리면서 오른손을 위로 뻗었다.

'파멸도(破滅刀)!'

방금 전에 이동간을 부를 때처럼 이번에도 속으로만 외쳤다.

그는 파멸도가 손에 쥐어질 것이라고 믿었으며, 정말로 그의 오른손에 시뻘겋고 커다란 도 한 자루가 어느새 쥐어져 있었다.

신군 시절 그가 애용하던 무기 중 하나가 파멸도다. 파멸도는 이름 그대로 모든 것을 박살 내버린다.

정지하고 있는 앰뷸런스 앞창과 같은 높이로 하강한 강도의 파멸도가 왼쪽에서 오른쪽 수평으로 그어졌다.

휘이잉—

강도를 발견한 앰뷸런스의 남녀 한 쌍의 귀부가 놀라는 표정을 지었다.

저기 굴러가는 벤츠 C220 안에 타고 있어야 할 강도와 한아람이 바로 코앞에 나타나서 외려 공격을 하고 있으니 놀랄 만도 할 것이다.

꽈르릉!

그것뿐, 앰뷸런스는 그대로 짓이겨져서 태풍에 휘날리는 종잇조각처럼 허공으로 쏜살같이 날아갔다.

아니, 20m쯤 날아가다가 허공에서 폭발해 버렸다.

콰쾅!

"아아⋯⋯."

뭐가 어떻게 된 것인지 전혀 모르는 한아람은 눈을 동그랗게 뜨고 몸을 떨었다.

두 사람은 스르르 아래로 하강하고 있는데, 강도는 재빨리 주위를 둘러보았다.

두 사람은 사거리 한가운데 아스팔트에 내려서고 있으며, 네 방향에서 오는 차량들이 교차로에서 다 멈춰 있고, 한아람의 벤츠 C220이 굴러가면서 여러 대의 차들과 충돌하여 난장판이 되고 있다.

강도는 여길 빨리 떠야겠다고 생각했다.

'이동간!'

그는 또다시 이동간을 마음속으로 불렀다. 조금 전 그는 벤츠 C220 안에 있다가 이동간 덕분에 구사일생 살아났다고 믿었다.

쒸우우…….

"아앗!"

두 사람의 몸이 느닷없이 수직으로 솟구치면서 어딘가로 빨려드는 것 같은 느낌에 한아람은 비명을 지르면서 두 팔로 강도의 허리를 힘주어 끌어안았다.

후우우…….

바람 소리 같은 음향이 들리면서 강도와 한아람은 눈부신 금빛 터널 속을 빠른 속도로 날아가고 있다.

아니, 날아간다고 느낀 것 같은데 이미 어느 장소에 도착하고 있었다.

강도는 주위를 둘러보다가 임대 아파트 자신의 방이라는 사실을 깨달았다.

그저 마음속으로 집으로 가야겠다고 생각했는데 이동간이 집까지 데려다주었다.

1초 전에는 분당 야탑에 있었는데 순식간에 부천 임대 아파트 그의 방으로 이동했다.

아까 버스 안에서 야탑역 광장으로 이동하고 나서처럼 강도와 한아람 주위를 투명한 물방울 같은 것이 감싸고 있으며, 강도 앞에는 '동작―action'이라는 글이 반짝거리고 있다.

"아아… 어떻게 된 건가요?"

강도가 슬쩍 움직이려고 하는데 마침 그의 허리를 두 팔로 꼭 안은 채 가슴에 얼굴을 파묻고 있던 한아람이 고개를 들고 그를 올려다보았다.

"어……."

두 사람은 기우뚱하다가 한 덩이가 되어 침대에 쓰러졌다.

퍽!

"윽……!"

공교롭게도 한아람이 강도의 허리를 양팔로 끌어안은 채 아래에 깔리면서 개구리가 바퀴에 깔리는 소리를 냈다.

강도는 체구가 큰 편이 아니지만 키가 크고 어깨가 딱 벌어졌고 가녀린 체구의 한아람은 그의 체구에 비하면 어린아이 같았다.

그런데 같이 안고 넘어진 것도 공교로운데 두 사람의 하체 은밀한 그곳이 생생하게 느껴질 정도로 딱 밀착됐다.

"신군님……."

얼굴이 강도의 가슴 아래에 깔린 한아람은 허우적거리는 듯하면서 두 손으로 그의 등을, 두 다리로는 허리를 휘감았다.

강도는 벌떡 일어나서 그녀를 꾸짖었다.

"무슨 짓이냐?"

"하악! 학학……."

숨을 쉬지 못한 한아람은 얼굴이 빨개져서 할딱거렸다.

"무슨 말씀을……."

청바지에 점퍼 차림인 그녀는 부스스 일어났다.

강도는 고개를 저었다.

"아니다."

그는 방금 전에 한아람이 자신을 유혹하려 했다고 생각했으나 얼굴이 새빨개져서 숨을 몰아쉬는 그녀를 보고는 착각일 수도 있다는 생각이 들었다.

강도가 우두커니 서서 생각에 잠겨 있는데, 한아람은 좁고 궁색한 방 안을 두리번거리며 신기한 듯 말했다.

"여긴 어딘가요?"

강도는 대답이 없지만 한아람은 책상에 놓인 몇 개의 사진을 보고 알아차렸다.

"아아… 신군님 처소로군요?"

강도는 책상 앞 의자에 앉아서 생각했다. 이건 꼭 짚고 넘어가야 할 일이다.

조금 전 야탑역 앞에서 있었던 해괴한 일들에 대해서 궁리했다.

그 사이에 한아람은 방문을 열고 밖으로 나갔다.

'위험한 순간에 내가 이동간을 부르니까 허공으로 떠올랐었

고, 파멸도가 필요해서 부르니까 파멸도가 즉시 내 손에 잡혔었다.'

그는 속으로 중얼거리다가 고개를 저었다.

'아니다. 부르지 않고 그냥 생각만 했을 뿐이다.'

그는 능력이 자신에게 남아 있는 게 분명하다고 믿었다. 다만 무기와 이동간은 그가 필요한 순간 머릿속에 떠올리기만 하면 즉시 나타난다.

그는 오른손을 불쑥 내밀면서 중얼거렸다.

"유성검."

하지만 손에는 아무것도 쥐어지지 않았다.

아까 앰뷸런스가 충돌할 때에는 절체절명의 위급한 순간이었다. 그렇다면 평상시에는 능력이 발휘되지 않고 위급할 때만 되는 것인가?

'그건 말도 안 된다.'

몇 시간이 지나서야 강도는 방문을 열고 밖으로 나왔다.

아까 야탑역에서 있었던 여러 일들을 생각하느라 시간이 가는 줄도 몰랐다.

그렇지만 아무리 머리가 터지도록 생각을 해봐도 몇 개의 가능성만 떠오를 뿐이지 이거다, 하고 분명한 건 없었다.

그런데 주방에서 한아람이 요리를 하고 있었다.

"녹비오, 뭐 하는 거냐?"

무림에서 현 세계로 회귀한 지 하루도 지나지 않은 강도에게 그녀는 한아람이 아니라 주작단 한매궁 소속의 시녀 녹비오일 뿐이다.

한아람은 요리하는 손을 잠시 멈추고 행주치마에 손을 닦으며 공손히 허리를 굽혔다.

"신군님, 저녁 식사를 해놓으려고요."

"그런 건 하지 않아도 된다."

"그럼 신군님께서 직접 식사를 준비하시나요?"

강도는 화장실로 가면서 대꾸했다.

"엄마가 하신다."

"어머님께선 언제 오시죠?"

한아람은 다시 요리를 계속하면서 물었다.

강도는 화장실에서 볼일을 보고 나와서 대답했다.

"8시에 오신다."

대답해 주니까 한아람의 질문이 끝이 없어서 강도는 그만 입을 다물었다.

한아람은 식사 준비만 하는 것이 아니라 그 전에 집안 청소와 빨래까지 다 해놓았다.

15평짜리 좁아터지고 허름한 임대 아파트지만 그녀는 거기에 대해서는 한마디도 하지 않았다.

아파트를 나와 엘리베이터에서 강도가 비로소 물었다.

"차는 어쩌냐?"

"보험 들었으니까 괜찮아요."

보통 자기 차가 박살 났으면 최소한 얼굴이라도 찡그릴 텐데 한아람은 생글생글 웃었다. 무한 긍정녀다.

한아람이 휴대폰 검색을 해보니까 부천시청 앞에서 목동까지 한 번에 가는 버스가 있다고 해서 강도는 그녀를 부천시청 앞까지 바래다주기로 했다.

"신군님."

나란히 걸으면서 한아람이 조용히 불렀으나 강도는 대답하지 않았다.

"저 목동에서 월세 사는데 신군님 근처로 이사와도 되죠?"

"월세 살아?"

"네. 저 강남에 있는 직장으로 출퇴근하는데 강남은 월세가 너무 세서요."

"뭐 하는 회산데?"

"병원이에요. 저는 간호사고."

"어……."

"부모님은 부산에서 조그만 식당을 하시는데 제 집을 사주거나 전세 돈 대주실 형편은 안 되고, 뭐."

알고 보니 한아람은 은수저도 뭣도 아니었다.

그녀는 목동 가는 버스에 오르기 전에 강도에게 당부했다.

"이따 단합 대회 꼭 나오세요!"

강도는 은행에 들러 CD기에 체크카드를 넣고 잔액 조회를 해보았다.

무려 1,500만 원이 들어 있다. 맹은 사기 친 게 아니다. 촉각 하나에 100만 원씩 정확하게 쳐주었다.

돈이 입금된 시간은 12시 40분, 졸구조가 야탑역에서 해산한 시간이다.

분당 야탑 매지봉 전투와 거기에서 벌어졌던 일련의 사건들은 꿈을 꾼 것이 아니었다.

무림 낙양에 있을 때 강도는, 아니, 절대신군은 어마어마한 거부였다.

신군성의 성주였고, 천하제일미 신후의 남편이며, 천하 무림을 일통한 그의 창고에 있는 재산을 혼자 계산하려면 평생 걸려도 안 될 정도였다.

하지만 현 세계에서는 보증금 2천만 원에 30만 원짜리 임대 아파트에 살고 있는 신세다.

강도는 5만 원권으로 500만 원을 찾아서 봉투에 담아 안주머니에 고이 넣었다.

여동생 강주가 등록금이 모자라다고 걱정을 하던데 모자란 돈을 보태주고, 어금니가 아파서 매일 눈물을 찔끔거리며 고생하는 엄마에게 임플란트를 해줄 생각이다.

1,000만 원은 은행에 남겨두었다가 앞으로 차곡차곡 모아서 집을 살 거다.

집까지 걸어가는 동안 강도는 내일 출근할 직장이 어디고 무얼 하는 곳인지 확인하기 위해 휴대폰을 켰다.

직장은 여의도에 있으며, 회사 이름이 '스페셜솔저(Special soldier)'다.

게임 이름하고 같다. 그런데 회사 이름만으로는 뭐 하는 곳인지 알 수가 없다.

'스페셜솔저'를 검색했지만 나오는 게 없다. 어쨌든 내일 가보면 알게 될 것이다.

걸어가면서 강도는 이 생각 저 생각에 골몰했다.

지금은 아까 야탑에서 한아람의 벤츠를 들이받은 인중병원 앰뷸런스 생각을 하는 중이다.

분당 제7지역 귀부굴이 야탑에 있는 인중병원을 접수했다고 졸구팔이 정확하지 않은 정보처럼 말했었다.

그런데 남녀 귀부가 인중병원 앰뷸런스를 몰고 강도와 한아람이 탄 차를 들이받았다는 것은 그 정보가 거의 확실하다는 사실을 입증하고 있다.

또한 귀부가 남자만 있는 게 아니었다. 비록 아주 짧은 순간이었지만 강도는 앰뷸런스 조수석에 앉아 있는 여자 귀부를 분명히 봤었다.

그렇지만 강도의 생각은 거기에서 끊어졌다. 그는 아직 귀부가 무엇인지, 마계와 요계는 또 어떻게 해서 생겨났으며, 정

계 또는 불맹이라고 부르는 맹은 무엇인지에 대해서 제대로
모르고 있다.

어쨌든 이것은 강도에게 찾아온 전혀 새로운 또 다른 삶이
다. 거부하면 일상으로 돌아간다고 하지만 그러면 많은 것을
잃어야만 한다.

그중에서도 가장 큰 것이 소유빈이라는 사실은 두 말하면
잔소리다.

강도네 세 식구가 저녁 식탁에 다 모인 것은 8시 30분이다.

졸구칠이 일방적으로 결정해서 오늘 저녁 8시에 하기로 한
단합 대회에 강도는 나가지 않았다.

나갈 이유가 없다. 나가봐야 술 마시고 쓸데없는 소리만 떠
들어댈 게 뻔하다.

그는 자기 주관이 뚜렷한 편이라서 주위에 휩쓸려 부화뇌
동하는 걸 싫어한다.

퇴근해서 돌아온 엄마는 저녁 식사가 깔끔하게 준비되어
있어서 매우 놀라워했다.

"누가 왔었니?"

엄마는 강도가 라면 끓이는 재주밖에 없다는 걸 잘 알기에
그렇게 물었다.

강도가 대답하지 않고 묵묵히 밥만 먹으니까 늘어진 티셔
츠를 입은 강주가 한마디 거들었다.

"너 애인 있니?"

"강주야, 너 오빠한테 또."

엄마는 강주더러 5분 일찍 태어난 강도를 오빠로 깍듯하게 대우하라고 누누이 타이르고 있지만 되바라진 강주는 말을 듣지 않는다.

강주는 성격이 털털하고 쿨한 편인데 자상하거나 꼼꼼한 면은 제로에 가깝다.

저런 애가 어떻게 대한민국에서도 톱에 꼽히는 명문대에 들어갔는지 우리 집의 미스터리다.

"후배가 왔었어요."

강도는 그걸로 저녁밥 사건을 끝내려고 하는데 엄마는 아닌 모양이다.

"여자니?"

강도는 대답 대신 공사장 경비일을 해서 받은 보름치 노임 봉투를 내밀었다.

노임 봉투를 보는 엄마의 눈빛이 흔들렸다. 엄마는 꼭 이런다. 아들이 고생해서 벌어온 돈을 받을 때마다 엄마는 짠한 표정을 지으며 눈물을 글썽거렸다.

"너 내년에 복학할 거니?"

강주가 도전적인 목소리로 강도에게 물었다.

강도가 벌어오는 돈을 엄마는 강도가 내년에 복학할 등록금으로 꼬박꼬박 모으고 있는데 강주는 그걸 탐내고 있는 것이다.

그래서 강도더러 내년 일 년 더 쉬라고 하고, 모아놓은 돈을 내년 자기 등록금 내는 데 보태 쓰면 어떻겠느냐고 입만 열면 애원과 공갈 협박이 섞인 일장 연설을 한다.

"얼마나 모자라니?"

"현재 3백 모았어. 4백 더 있어야 하는데 내년 봄까지 아무리 발버둥 쳐도 턱도 없어."

강도는 강주에게 주려고 미리 준비한 5만 원권 80장을 강주 밥그릇 옆에 내려놓았다.

"어… 뭐야, 이거?"

강주 눈이 휘둥그렇게 떠졌다.

"4백이야."

"너……."

강도는 엄마 밥그릇 옆에 다시 5만 원권 20장 100만 원을 내려놓았다.

"엄마, 임플란트 하세요."

"……."

강도가 강주에게 4백만 원을 선뜻 준 걸로 이미 충분히 놀라고 있는 엄마는 가슴이 콱 미어져서 아무 말도 하지 못했다. 하루 종일 그녀를 괴롭히던 어금니도 이 순간만큼은 조금도 아프지 않았다.

"돈 모자라면 말씀하세요."

강주는 엄마에게 반말을 하고 떽떽거리면서 버릇없이 구는 반면 강도는 언제나 존대를 하고 공손하다. 엄마를 어느 누구보다도 존경하기 때문이다.

"저 오늘 취직했는데 괜찮은 곳이에요. 그 돈은 오늘 제가 열심히 뛰어서 받은 일종의 보너스예요."

앞으로 맹의 일이 어떻게 될지 모르기 때문에 강도는 엄마더러 회사에 나가지 말라는 말까지는 하지 않았다.

"그래……."

엄마는 기어코 눈물을 뚝뚝 흘리면서 자신이 세상에서 가장 믿고, 의지하며, 사랑하는 아들을 바라보았다.

돈을 세어보고 4백만 원을 확인한 강주는 벌떡 일어나서 강도에게 달려들었다.

"오빠!"

평소에는 너니 내니 하면서 잡아먹을 것처럼 날뛰던 강주가 4백만 원에 여동생이 됐다.

"오빠! 고마워! 사랑해! 내가 오빠 사랑하는 거 알지? 음음… 알라뷰~"

강주는 강도 무릎에 다리를 벌리고 마주 보고 앉아서 그의 목을 끌어안고 얼굴에다가 마구 뽀뽀를 해댔다.

엄마는 눈물을 흘리면서 그 모습을 바라보며 흐뭇한 미소를 지었다.

엄마는 강도에게 새로운 직장이 어떤 곳인지 꼬치꼬치 캐

묻지 않았다. 아들의 반듯함을 믿기 때문이다.

엄마는 오늘 밤, 식탁 맞은편에 든든한 가장으로 성장한 아들의 모습을 보면서 기쁨의 눈물을 흘렸다.

제5장
요물 카펨부아

식사 후에도 엄마는 할 일이 없었다. 청소하고 빨래를 한아름이 다 해놨기 때문이다.

세 사람은 오랜만에 안방에 누워서 과일을 먹으며 TV를 보고 있는 중이다.

소파가 없기 때문에 누워서 TV에서 멀찌감치 떨어져 보고 있는데, 엄마와 강주는 강도의 양쪽에서 팔을 베게 삼아 누웠다. 남자가 강도뿐인 이 집안에서는 이런 광경이 자주 연출된다.

아마도 오늘은 아버지가 돌아가신 이후 가장 행복한 밤인 것 같았다.

문득 강도는 오늘 낮에 야탑에서 있었던 사고가 궁금해서 채널을 돌려 뉴스에 맞췄다.

5분쯤 기다린 후에 강도가 기다리던 내용이 나왔다.

강도는 뉴스를 보고서야 사고가 났던 장소가 야탑역 근처 장미사거리라는 사실을 알게 되었다.

TV에서는 장미사거리에 설치된 CCTV에 찍힌 화면이 나오고 있었다.

장미사거리에서 제 신호를 받고 직진하던 벤츠 C220을 신호를 무시하고 왼쪽 도로에서 질주해 오던 앰뷸런스가 운전석 쪽을 들이받아서 벤츠가 튕겨 나가다가 데굴데굴 구르면서 다른 차량 여러 대와 연쇄 충돌을 일으키고 있다.

카메라가 잡은 폐차 수준에 가까운 뒤집혀 있는 벤츠 C220의 모습과 텅 빈 안쪽 공간이 나오며 멘트가 흐르는데 벤츠 안에 아무도 없다는 내용이다.

다음 화면에는 벤츠 C220이 교차로에 진입하기 직전에 CCTV에 찍힌 장면이 나왔다.

그걸 확대하니까 운전석에는 여자가, 조수석에는 남자가 앉아 있었다.

—이것은 벤츠 소형 승용차가 교차로에 진입하기 직전의 화면입니다. 선명하지는 않지만 운전석과 조수석에 젊은 남녀가 앉아 있는 모습이 분명하게 보입니다. 그런데 사고 직후에는

남녀가 감쪽같이 사라졌습니다. 그런데 이상한 점은 이것만이 아닙니다.

 다음은 앰뷸런스가 교차로에 진입하기 직전에 CCTV에 찍힌 화면인데 운전석과 조수석에 각각 같은 제복을 입은 남녀가 앉아 있는 모습이 보였다.

 그리고 앰뷸런스가 벤츠 C220을 들이받은 직후, 반 바퀴 회전하고서 멈춰 있는데, 느닷없이 거대한 힘이 뒤에서 잡아당기는 것처럼 뒤쪽 허공으로 쏜살같이 날아가다가 공중에서 폭발하는 광경이 나왔다.

 파편이 사방으로 날아가고 지상에 떨어진 앰뷸런스는 맹렬한 불길에 휩싸였다.

 뉴스의 초점은 앰뷸런스와 벤츠에 타고 있던 남녀 두 쌍이 어디로 사라졌느냐는 것과 멈춰 있던 앰뷸런스가 어째서 갑자기 공중으로 날아가 폭발했느냐는 것에 맞춰졌다.

 그러고는 마치 범인을 공개적으로 수배하는 것처럼 화면 위에는 벤츠 C220의 남녀가, 아래에는 앰뷸런스의 제복 남녀의 최대한 가깝게 잡아당긴 사진이 나타났다.

 강도는 화면에 나타난 벤츠 C220의 남녀가 자신과 한아람이라는 것을 한눈에 알아보았다. 하지만 CCTV의 선명하지 않은 사진 상태라서 모르는 사람이 보면 강도라는 것을 알아보기 어려울 것이다.

"엄마, 저거 강도 닮지 않았어?"

그때 사과에 입에 넣고 우물거리던 강주가 상체를 일으키면서 TV 화면을 가리켰다.

엄마는 강도의 팔베개를 한 상태에서 그를 보는 자세로 곤히 잠자고 있었다.

강주는 가슴을 강도 가슴에 얹은 채 TV 화면과 그의 얼굴을 번갈아 쳐다보았다.

"저거 너 아냐?"

아까 돈 받을 때는 '오빠'라면서 애정 공세를 퍼붓더니 이제는 또 너란다.

"무겁다. 비켜라."

강주는 브래지어도 하지 않은 가슴으로 강도 가슴을 짓누르면서 그의 얼굴을 어루만지며 이리저리 뜯어보았다.

"아무리 봐도 너 맞는데……."

"내가 분당에 왜 가냐?"

"하긴, 넌 분당이 어디 붙었는지도 모르겠지."

강주는 밍기적거리면서 일어나 방을 나갔다.

"아… 피곤해. 먼저 잔다."

"야, 내 방에서 자지 마라."

"그런 게 어디 있어? 먼저 자는 게 임자지. 넌 엄마하고 자라. 간만에 엄마 찌찌 만지면서."

강도는 엄마가 팔베개를 한 채 자고 있어서 강주를 뒤쫓아

가지 못했다.

다음 날, 강도는 출근하기 위해서 아침 일찍 집을 나섰다.

원래 정장이라고는 한 벌도 없어서 청바지에 점퍼를 입고 출근하는 아들을 보고 마음 여린 엄마는 아침 댓바람부터 또 눈물을 흘렸다.

강도는 작전을 할 때 외의 시간에도 맹의 이동간을 사용할 수 있는지에 대해서 마사에게 물어보기로 했다. 그냥 전화 한 통화하는 거니까 밑져야 본전이다.

아파트 앞 주차장을 걸어가면서 전화했더니 마사가 즉시 받았다.

─졸구십팔, 무슨 일이죠?

듣기만 해도 남자의 심장을 녹여 버릴 것처럼 감미로운 목소리인데 그녀는 일부러 성대를 울려서 위엄 있는 목소리를 내려고 애쓰는 것 같았다.

"이동간 사용할 수 있습니까?"

─작전 중인가요? 오늘은 졸구조 작전이 없는 걸로 알고 있는데요?

"이동간을 사용할 수 있는지 없는지만 말해주십시오."

마사하고 오래 통화하고 싶은 생각이 없는 강도의 말이 딱딱하게 나갔다.

─없어요.

"맹의 어느 누구라도 평상시에는 사용할 수 없는 겁니까?"

마사가 통화를 일방적으로 끊을 수 없도록 강도는 미리 준비한 질문을 했다.

마사는 전화를 끊지 못하고 대답했다.

—맹의 간부들과 상삼당(上三堂), 그리고 각 당의 메신저들은 수시로 이동간을 사용할 수 있어요.

"간부들은 누굽니까?"

—맹주와 부맹주, 10장로, 맹 직속의 각 계주들이에요.

강도의 머릿속에서 질문 사항이 기다렸다는 듯이 떠올랐다.

"맹주가 누굽니까?"

—꼬치꼬치도 묻는군요? 하지만 맹의 외전사로서 맹주가 누군지 정도는 알고 있는 게 의무겠죠? 잘 들어요. 맹주는 신군이에요.

'어?'

강도는 갑자기 뒷골이 찌르르해졌다. 신군이라면 바로 강도 자신이다. 강렬한 흥미를 느낄 때 그는 뒷골에 강한 자극을 느낀다.

"신군이 누굽니까?"

—천하 무림을 일통한 절대신군이라는 분이 계신데 그분이 맹주예요. 더 이상은 나도 모르니까 묻지 말아요.

강도는 흥분해서 호흡이 조금 가빠지는 걸 억눌렀다. 그가 방금 잘못들은 것이 아니라면 정계 즉, 불맹의 맹주는 바로 이강도 자신인 것이다.

그런데 그는 현재 졸당의 졸구십팔이다. 그의 원래 신분은 맹의 최고위 맹주지만 실제로는 맹의 최하위 졸구십팔인 것이다.

강도는 자신이 신군의 지위를 회복하면 소유빈을 만날 수 있을지도 모른다고 생각했다.

"절대신군은 지금 맹에 있습니까?"

ㅡ있습니까라뇨? 말조심하세요. 방금 그런 투의 말은 신군에 대한 불경죄에 해당합니다.

"죄송합니다. 맹주께선 어디에 계십니까?"

강도는 즉각 잘못을 인정했다.

ㅡ맹에 계시겠죠. 바쁘니까 이만……

"잠깐! 상삼당은 뭐죠?"

ㅡ각성자들이에요. 맹의 최상위 무(武), 용(龍), 협(俠), 삼당이죠.

"그들이 어째서 각성자입니까?"

ㅡ참나, 각성했으니까 각성자 아니겠어요?

"뭘 각성했다는 겁니까?"

강도는 '각성'이라는 것이 자신이 알고 싶어 하는 본론이라는 것을 본능적으로 느꼈다.

ㅡ설명하자면 길어요. 그런데 내가 왜 졸구십팔에게 이런

식으로 일일이 설명을 하고 있어야 하는 거죠?

"미스 마사, 산동화가 출신입니까?"

마사가 통화를 끊기 전에 강도가 급히 물었다.

—어떻게 알았죠?

"무림에 있을 때 산동성에 좀 있었는데 산동화가에 대한 소문을 많이 들었습니다. 지난번 미스 마사하고 첫 만남 때 나를 때린 권법이 그 유명한 오화권이라는 것을 한눈에 알아봤습니다."

강도는 산동성에 몇 번 갔었지만 산동화가가 어디에 붙어 있는지도 모른다.

—어떤 소문이죠?

마사의 목소리가 나긋해지는 걸 보니까 강도의 아부가 먹힌 모양이다.

"산동화가의 권법 특히 오화권이 위력적이고 그 지방에서 첫손 꼽히는 협의지문이라고 들었습니다."

—오호호호!

간드러지게 웃는 마사의 목젖이 보이는 것 같았다. 자고로 여자는 칭찬에 껌뻑 죽는다는 것은 동서고금의 진리다.

"미스 마사는 어째서 평소에도 무공을 사용할 수 있는 겁니까? 워낙 고강하기 때문입니까?"

아부하는 김에 조금 더 썼다.

—호호호호! 나를 '미스 마사'라고 호칭한 사람은 줄구십팔

이 처음이에요!

더구나 마사 앞에 '미스'를 붙여준 것이 효과 만점이었다.

"그렇습니까?"

─맨입으로 가르쳐 줄 수는 없고…….

여우같은 년.

"나도 맨입으로 가르쳐 달라는 것 아닙니다."

잽싸게 추임새를 치고 들어갔다.

─오늘 저녁에 시간 있어요?

마사 이년, 무슨 속셈인가?

"없어도 만들겠습니다."

무공을 되찾을 수 있다면 무슨 짓이라도 하겠다는 것이 강
도의 지금 심정이다.

부천시청역에서 전철을 타면 온수역과 신길역에서 두 번 환
승해야 여의도에 갈 수 있다.

신길역에서 내려 5호선으로 갈아타기 위해서 긴 지하도를
따라 걸으면서 강도는 무의식중에 오른손을 허공에 대고 이리
저리 휘저었다.

그가 무림에 있을 때 목소리뿐인 사부에게서 배운 초절십
검(超絶十劍) 중에 어느 한 구결을 걸으면서 그냥 손으로 아무
렇게나 전개하고 있는 것이다.

하지만 정확한 동작이 아니라서 남들이 보면 이어폰으로

클래식 음악이라도 들으면서 손으로 지휘자 흉내를 내는지 알 것이다.

"훌륭한 검초식이로군."

그런데 강도 뒤에서 누군가 걸걸하면서 조용한 목소리로 중얼거리는 게 아닌가.

강도가 뚝 동작을 멈추고 뒤돌아보니 작달막한 체구에 배불뚝이 50대 아저씨가 도수 높은 안경 너머에서 빙그레 미소를 짓고 있다.

"방금 뭐라고 하셨습니까?"

배불뚝이는 미소를 잃지 않았다.

"훌륭한 검초식이라고 했네. 자네, 무림에서 왔는가?"

강도는 조금 긴장했다.

자신이 그저 손으로 허공에 대고 휘적거린 걸 보고 검초식, 그것도 훌륭한 검초식이라는 사실을 간파했다면 대단한 안목의 소유자다.

그렇다면 눈앞에서 미소 짓고 있는 배불뚝이도 무림에서 왔을 가능성이 크다.

"그렇습니다. 당신도 무림에서 왔습니까?"

그렇다면 굳이 감출 것까진 없다는 생각에 강도는 대답하면서 날카롭게 배불뚝이를 살펴보았다.

그러면서 그도 무림에서 왔느냐고 물어보았다. 강도가 그저 손장난처럼 휘두른 손짓을 훌륭한 검초식이라고 알아봤다면 그 역시 무림에서 왔을 테니까 말이다.

"그렇네. 어디 출신인가?"

배불뚝이 역시 한 번 대답하고는 꼭 하나를 물었다.

전철 환승 지하 통로에서 생전 처음 보는 낯선 자에게 사실대로 실토할 강도가 아니다.

방금 전에 강도가 손으로 펼친 초식은 평소 측근들로부터 무당파 검초식과 비슷하다는 말을 들었다.

"무당파입니다."

물론 위력 면에서는 무당파에서 최고로 강한 것보다 몇 배 이상이다.

"오오… 나도 무당파일세."

이런… 꼬이기 시작했다. 설마 배불뚝이가 무당파 출신일 줄은 몰랐다.

지하 통로로 이동하는 사람이 많았기 때문에 두 사람은 같은 방향으로 나란히 걷기 시작했다.

"자네, 사부가 누구신가?"

강도가 알고 있는 무당파 도사는 장문인과 장로 몇 명 정도에 불과하다.

그렇지만 묻는 대로 곧이곧대로 계속 대답하다가는 무당파에 대해서 아는 게 별로 없어서 결말이 좋지 않게 끝날 것 같았다.

"당신이 무당파 사람이라는 걸 어떻게 믿습니까?"

배불뚝이는 사람 좋게 껄껄 웃었다.

"사실 나는 당금 무당파의 장로 중 한 분이신 현풍진인(玄風眞人)의 대제자였네."

현풍진인이라면 강도가 한두 번 본 적이 있는 인물이다. 절대신군이 천하 무림을 일통할 때 무당파도 힘을 보탰었고, 신군성에서 회의가 있을 때 무당 장문인이 참석하면 현풍진인도 이따금 말석을 차지하고 앉아 있었다.

"조금 전에 자네가 손으로 전개한 검초식이 본 파의 태청검법 사 초식인 무극위광(無極威光)이라는 것을 한눈에 알아보았었네."

배불뚝이는 말하고 나서 슬쩍 강도를 쳐다보았다. 정확하게 짚었다는 의기양양함이 그의 얼굴에 가득하다.

하지만 그는 정확하게 틀렸다.

"자네 혹시 우(羽) 자 배분인가?"

배분이란 불가나 도가에서 선후배를 가르는 중요한 기수 같은 것이다.

무당파 장문인과 장로가 현(玄) 자 배분이고, 그 아래는 태(太), 청(靑), 우(羽)로 나가는 식이다.

배불뚝이가 무당파 장로 현풍진인의 대제자라면 그 아래 '태' 자 배분일 것이다.

무당파에 대한 지식이 많지 않은 강도에게 자꾸 캐묻자 그는 빠져나갈 궁리를 했다.

"나는 현공진인(玄空眞人)의 속가제자입니다."

"오… 그런가? 현공 사숙께선 내 사부님의 사제이시니까 그렇다면 우리 두 사람은 사형제일세."

원래 속가제자라고 하면 서자(庶子) 취급을 해서 소림사나 무당파에서는 제자로 인정해 주지도 않았었다.

그런데 배불뚝이는 그런 걸 전혀 상관하지 않고 먼저 손을 내밀어서 강도의 손을 덥석 잡고 흔들었다. 그러고는 어깨를 나란히 하면서 걸으며 넌지시 물어보았다.

"자네, 어디 소속인가?"

"맹의 졸당에 있습니다."

강도는 선선히 대답하면서 배불뚝이 정도의 실력이라면 졸당보다 몇 단계 위의 당일 거라고 생각했다.

"맹이라는 건 불맹인가?"

"그렇습니다."

강도는 당연하다는 듯이 대답했다.

"음, 도가제자가 불맹에 있다니 이상하군."

그런데 배불뚝이가 이상한 소리를 했다.

"그게 무슨 말씀이십니까? 그럼 선배는 불맹에 계시지 않습니까?"

"도가제자는 도맹(道盟)에 있어야지 무슨 불맹인가?"

이건 또 어떻게 되어가는 스토리인가? 난데없이 도맹이라는 것이 튀어나왔다.

"자네, 어디 가는 길인가? 출근인가?"

"그렇습니다."

"불맹 산하의 직장이겠지?"

"그렇습니다."

배불뚝이는 진지한 표정을 지었다.

"불맹에선 귀부 촉각 하나를 자르면 100만 원 주지?"

"그렇습니다."

"우린 150만 원일세. 뿐만 아니라 모든 면에서 우리 도맹의 대우가 불맹보다 월등하네."

배불뚝이는 강도의 팔을 잡더니 지하상가의 커피 전문점으로 이끌었다.

두 사람은 뜨거운 커피를 앞에 두고 마주 앉았지만 커피에는 손도 대지 않았다.

"이건 아무에게도 말해서는 안 되네. 자네가 나하고 동문 사형제니까 특별히 귀띔해 주는 거야."

강도가 고개를 끄떡이자 배불뚝이는 상체를 앞으로 숙이면서 목소리를 낮추었다.

"자네 무림에서 언제 왔나?"

"어제 왔습니다."

"아주 빠릿빠릿한 신참이구만. 그럼 자네, 천하 무림을 일통한 절대신군의 소문에 대해 들었겠군."

"들었습니다."

배불뚝이 입가에 흐릿한 미소가 매달렸다.

"조만간 그 절대신군이 도맹의 맹주가 될 걸세."

강도는 얼굴에 떠오른 어이없는 표정을 감추지 못했다.

"그게 가능합니까? 신군은 불맹으로 가는 거 아닙니까? 불맹의 맹주가 신군이라고 알고 있습니다."

배불뚝이는 강도의 어이없는 표정에 반발했다.

"무슨 소리. 원래 신군은 어디에도 속하지 않은 분이시네. 그러니까 도맹이든, 불맹이든, 범맹(範盟)이든 신군이 선택할 수 있는 거야."

"범맹은 뭡니까?"

잠시 흥분했던 배불뚝이는 커피 잔을 들면서 대수롭지 않게 말했다.

"중도 도사도 아닌 자들의 맹이지. 한마디로 쓰레기들의 모임이야."

맹이라는 것이 불맹만 있는 줄 알았더니 도맹에, 범맹까지 튀어나왔다. 물론 배불뚝이 말만 들은 것이니까 아직 확인된 건 아니다.

"가봐야겠습니다."

강도는 자신이 일어서면 배불뚝이가 뭔가 액션을 취할 거라고 예상했다.

역시 배불뚝이도 따라 일어섰다.

"자네 전화번호 가르쳐 주게."

"죄송합니다."

강도가 튕기자 배불뚝이가 명함을 내밀었다.

"생각이 바뀌면 전화하게."

명함을 받아서 주머니에 넣고 커피 전문점을 나오는 강도의 어깨를 배불뚝이가 친근하게 두드렸다.

"대무당과 현공 사숙의 제자가 불맹 졸당이 뭔가, 졸당이. 얼굴이 다 화끈거리네."

강도가 첫 출근한 직장 '스페셜솔저'는 경호 전문 업체다. 직원이 50명쯤 되는 중간급 경호 업체로서 40여 명이 경호원이고, 10여 명은 사무직원이다.

첫 출근인 강도는 그날 부서에 배치되지 않고 '선생'이라는 사람에게 경호 업무 전반에 걸친 업무를 배웠다.

경호 업무는 크게 일개인의 신변을 밀착 경호하는 신변 경호와 콘서트나 기업의 행사, 시상식, 패션쇼 따위에 파견되는 행사 경호로 나뉜다고 한다.

경호 업무 초보자는 대게 행사 경호를 하고 숙련자가 신변 경호를 한다고 가르쳤다.

강도는 오후 5시에 퇴근을 하고 스페셜솔저를 나섰다.

오늘 강도에게 경호 업무를 가르친 '선생'의 말에 의하면, 신입이 들어오면 퇴근 후에 환영회식을 열어주는 것이 보통인데, 강도가 졸당 졸전사라는 사실을 알고는 환영회식에 참석하겠다는 선배가 한 명도 없어서 환영회식은 자연 무산됐다는 것이다.

스페셜솔저의 경호원 40여 명은 전부 맹의 외전사들인데 졸당은 강도 한 명뿐이었다.

강도가 선배였다면 신입이 졸당이라는 이유 하나만으로 환영회식을 보이콧하지는 않았겠지만, 그렇다고 해서 그다지 기분 나쁘지도 않았다. 외려 어색한 환영회식을 하지 않아서 다행이라는 생각이다.

강도가 여의도역으로 걸어가고 있을 때 한아람의 전화가 걸려왔다.

ㅡ신군님, 퇴근하셨어요?

"집에 가는 중이다."

ㅡ어디신데요?

"여의도야."

ㅡ옴마! 저도 첫 직장이 여의도예요! 저 지금 퇴근하는 길인데 같이 가요, 신군님.

"전철 노선이 다르잖아."

ㅡ히잉……

한아람이 싫은 건 아니지만 전철 노선이 다른데 딱 한 정거장 같이 가려고 기다렸다가 만나는 건 좀 그랬다.

―왜 어제 단합 대회 안 나오셨어요? 전화 많이 했는데 받지도 않으시고… 나빴어요.

어찌 보면 강도를 무림에서 상전으로 모셨다고 해서 현 세계까지 와서 그를 상전으로 깍듯하게 모시려고 하는 한아람이 고맙기도 했다.

"내일 보자."

―알았어요. 조심해서 들어가세요.

강도는 신길역에서 1호선으로 갈아탔는데 한 정거장을 가기도 전에 운 좋게 자리에 앉게 되었다.

가운데쯤 앉아서 잠시 멀뚱거리고 있다가 습관처럼 눈을 감고 운공조식을 시작했다.

운공조식은 보통 가부좌의 자세로 하지만 절대신군 정도의 초절고수는 어떤 자세라도 운공조식이 가능하다.

물론 눈을 뜨고서도 운공조식을 할 수 있으며 심지어 식사를 하면서도 가능하다. 그리고 운공 시간도 보통 무림인보다 훨씬 짧은 편이다.

강도는 7~8분 정도로 운공조식을 끝내면서 눈을 떴다.

온몸에 공력이 활화산처럼 들끓어서 지금 무공을 전개하면 될 것 같았다.

하지만 어제 아침에 집에서 운공조식 직후에 접인신공을 전개했다가 숟가락조차도 끌어당기지 못하고 낙담했었다.

그러므로 지금도 단지 기분만 그럴 뿐이라는 생각이 들자 씁쓸해졌다.

전철 방송에서 다음 역이 신도림이라고 알려주고 있을 때 강도는 무심코 정면을 보다가 맞은편에 앉아서 자신을 빤히 바라보고 있는 한 여자를 발견했다.

몹시 예쁘고, 섹시하며, 세련된 모습의 25살쯤 된 여자인데 강도하고 눈이 마주치자 보일 듯 말 듯 살짝 미소를 지으며 눈을 내리까는 모습이 꽤나 매혹적이다.

강도는 여자를 뚫어지게 주시했다. 그녀에게 끌려서가 아니라 이상한 것을 발견했기 때문이다.

여자의 미간, 그러니까 눈썹과 눈썹 사이에 새빨간 삼각형이 선명하게 도드라져 보였다.

'저게 뭐지?'

강도는 여자가 평범한 인간은 아닐 거라는 직감이 들었다.

운공조식을 하고 난 직후에 여자 미간의 붉은 세모꼴이 보였다는 것은 아마도 강도 체내에 어떤 기운이 팽배하기 때문일 것이다.

고개를 숙였던 여자가 다시 고개를 들고 강도를 바라보더니 살짝 눈웃음을 쳤다.

'어쭈?'

이런 경험이 한 번도 없었던 강도지만 여자가 지금 자기를 유혹하고 있다는 사실 정도는 깨달을 수 있다. 그걸 모른다면 바보 천치다.

착각인가. 그때 여자가 입술을 도톰하게 내밀면서 강도에게 뽀뽀를 날리는 듯한 모습을 취했다.

그런데 바로 그때 여자의 약간 벌어진 입술 사이로 가늘고 길며 새빨간 혀가 쑤욱 뻗어 나와 날름거리는데 그 끝이 뱀처럼 두 개로 갈라진 모습이다.

'뭐야?'

강도는 눈살을 찌푸렸다.

'저년 사람이 아니로구나.'

그는 맞은편의 여자가 마계의 귀부하고 비슷한 족속일 거라는 생각이 들었다.

여자가 뱀 같은 혀를 날름거리고 미간에 붉은 세모꼴이 있는데도 사람들이 아무런 반응이 없다는 것은 그들의 눈에는 그런 것이 보이지 않는다는 뜻이다.

즉, 강도 눈에만 보이는 거다.

전철 차내 방송이 이번 역이 신도림이라고 안내하면서 전철이 속도를 줄이기 시작했다.

기이잉…….

맞은편의 여자가 강도를 보면서 살짝 윙크를 해보이더니 일어서는 걸 보고 강도는 길게 생각할 것도 없이 즉시 따라 일어섰다.

그는 여자가 마계인지 요계인지는 몰라도 사람이 아닌 것만은 분명하다고 확신했다.

그래서 여자의 뒤를 미행하다가 기회를 봐서 제압해야겠다고 마음먹었다.

전철 1호선 신도림역에서 환승을 하기 위해 많은 사람이 일어나 출입구로 몰려 복잡했다.

강도는 바로 앞에 서 있는 여자의 물결처럼 긴 웨이브 머리카락을 내려다보면서 어떤 방법으로 이 여자를 제압할 것인지 궁리했다.

제압한다는 것은 곧 죽인다는 의미다. 귀부는 목을 잘라야지만 죽었는데 이 여자는 어떻게 해야 죽는지 강도로선 알 수가 없다.

'어떻게 하지?'

어떻게 하든 말든 지금 강도는 신군의 능력이 없다. 그런 상황에 여자를 죽이는 것은 무리다.

하지만 그녀가 사람이 아니라는 사실을 알고서도 이대로 물러날 수는 없다.

끼이이…….

전철이 다시 한 번 속도를 줄이자 사람들이 우르르 앞쪽으로 밀렸다.

그때 아무것도 잡지 않고 서 있던 여자의 몸이 기울면서 쓰러질 듯이 비틀거렸다.

강도는 반사적으로 오른손이 튀어나가 여자의 어깨를 덥석 붙잡았다.

물컹……

그런데 강도의 손에 잡힌 게 어깨의 단단함이 아니라 물렁한 살덩어리다.

여자의 어깨를 잡는다는 것이 겨드랑이로 손이 들어가서 가슴을 잡아버린 것이다.

분명히 어깨를 잡았는데 어째서 유방을 잡은 것인지 알 수가 없다.

하지만 전철 안에서 여자의 유방을 움켜잡았다는 것은 치한으로 몰릴 수 있는 최악의 상황이다.

지금 여자가 소리라도 지른다면 강도는 꼼짝 못 하고 치한이 되고 만다.

그런데 여자는 아주 잠시 그대로 가만히 서 있다가 빙글 몸을 돌려 강도와 마주 보는 자세로 품에 안겨들었다.

그녀는 얼굴이 빨개져서 강도를 곱게 흘겨보며 주먹으로 그의 가슴을 톡 때렸다.

아무 말도 하지 않았지만 '아잉, 몰라. 자기 책임져야 해'라고 말하는 것 같은 표정이었다.

'지랄하고 자빠졌네.'

강도는 돌아서면서 엉덩이를 불쑥 내밀어 자신의 하체를 살짝 건드리는 여자의 정수리를 쏘아보았다.

이윽고 전철이 멈추고 사람들이 우르르 내릴 때 여자와 강도는 그 속에 섞였다.

강도는 조금 천천히 걸으면서 여자를 제압하는 것에 대비해서 다시 한 번 운공조식을 하는 한편 휴대폰을 꺼내서 마사에게 전화를 했다.

─졸구십팔, 무슨 일이에요?

"미간에 새빨간 세모 표시가 있고 입에서 뱀 같은 혀가 길게 나오는 여자는 뭡니까?"

강도가 단도직입적으로 묻자 마사는 잠시 가만히 있다가 깜짝 놀랐다.

─그… 게 어디에 있어요?

"지금 내 앞에서 걸어가고 있습니다. 그게 무엇이고 죽여야 하는 건지, 죽여야 한다면 어떻게 죽여야 하는지 가르쳐 주십시오."

─그러지 마요. 손대지 말고 당장 물러나세요, 그건 졸구십팔이 감당하기 벅찬 요물이에요.

"저 여자 종류가 요물입니까?"

강도가 쫓고 있는 여자는 아이보리색 짧은 코트를 하늘거리면서 5m 앞에서 걸어가고 있다.

짧은 코트 아래 검은 미니스커트를 입은 터질 듯이 탱탱한 엉덩이가 육감적으로 씰룩거리고, 하얗고 늘씬한 두 다리 아래의 하이힐이 바닥을 또각또각 울리고 있다.

—아니에요. 요계(妖界)의 다섯 번째 요물 카펨부아가 분명할 거예요. 절대 가까이 가지 말아요. 졸당 9개조 전원이 공격해도 카펨부아에게 전멸하고 말 거예요.

"카펨부아……."

—지금 당장 그 요물 사진하고 좌표 찍어서 보내요. 그러면 맹에서 영당이나 풍당 일 개조를 보낼 거예요. 그 정도 돼야 카펨부아를 죽일 수 있을 거예요.

마사의 말을 들으니까 강도는 배알이 뒤틀렸다. 신군한테 물러나라 하고 영당이나 풍당을 보내겠다니, 불경죄로 마사를 감방에 처넣고 싶다.

"카펨부아 죽이는 방법을 얘기하십시오."

—졸구십팔, 말 안 들을 거예요? 어서 사진하고 좌표…….

강도는 꼭지가 돌았다.

"너 죽을래?"

—당신…….

강도는 눈에 뵈는 게 없는 사람처럼 세게 나갔다.

"내가 어제 매지봉 작전 때 귀부 촉각 15개 잘랐다는 거 너 아냐? 찍소리 말고 카펨부아 죽이는 방법이나 말해."

강도는 도 아니면 모라는 심정으로 밀어붙였다. 먹히면 다행이고 아니면 그만이다.

"마사, 내 말 듣고 있는 거냐?"

—기다려요. 졸당은 카펨부아를 상대해 본 적이 없어서 나

도 찾아봐야 해요.

일단 마사를 말로써 굴복시켰으니 작은 성공이다.

여자 카펨부아가 계단을 내려가고 있다. 많은 사람이 같은 방향으로 가면서 카펨부아와 강도 사이를 가리고 있어서 그는 걸음을 좀 빠르게 했다.

"마사, 아직도 찾지 못한 거냐?"

—당신, 계속 말을 그따위로 할 건가요?

강도는 한 번 반말을 하게 된 사람, 그것도 여자에게 다시 존대를 한 경우가 없었다.

그러므로 앞으로는 무슨 일이 있어도 마사에겐 반말을 할 것이다.

그러면 마사가 알아서 기든가 아니면 어떤 조치를 취할 것이다. 그건 그때 가서 생각하면 된다.

계단 아래는 여러 방향에서 몰려들고 몰려가는 환승객들 때문에 발 디딜 틈조차 없이 복잡했다. 가만히 서 있으면 사람들과 마구 부딪치고 떠밀렸다.

카펨부아가 2호선으로 환승하려는 것 같아서 강도는 사람들을 뚫고 걸음을 빨리 했다.

"마사."

—아아… 이건 어려워요.

앞서가던 카펨부아의 모습이 사람들 속에 파묻혔다.

"뭐가 어려워? 카펨부아 죽이는 방법하고 그년의 어딜 잘라서 갖고 가야 인센티브를 받는지 빨리 얘기해라."

—음……

카펨부아가 보이지 않아서 강도는 조바심이 났는데 마사는 뜸을 들이고 있다.

"마사, 너 진짜 죽여 버린다."

—당신, 도대체 뭘 믿고 메신저한테 이러는 거죠?

"마사, 네가 정녕코 혼이 나봐야 정신을 차리겠구나."

지금 마사를 꾸짖고 있는 강도는 절대신군의 위엄을 어느 정도 갖춘 상태다.

—정말, 이 사람이… 아아! 다 좋아요. 카펨부아는 정혈낭(精血囊)을 갖고 있어요. 그걸 자르면 죽고, 또 그걸 제출해야 인센티브를 받아요.

"좋아. 정혈낭이라는 게 어떻게 생겼으며 카펨부아의 어디에 달려 있는 거지?"

—그건……

마사가 또 뜸을 들였다.

강도는 카펨부아가 사라졌던 지점에 이르러 멈춰서 주위를 두리번거렸다.

그런데 저만치 화장실로 막 들어가고 있는 카펨부아의 뒷모습을 발견했다.

"마사, 다 얘기해 주고서 정혈낭에 대해서 뜸 들이는 건 왜 그러는 거냐?"

―알았어요.

마사는 체념한 듯한 목소리로 바뀌었다.

―카펨부아의 아랫도리에 정혈낭이 달려 있어요.

"아랫도리?"

―그래요. 여자의 그곳과 항문 사이에 있어요. 남자 거시기처럼 말이에요.

강도는 화장실 앞에서 걸음을 멈추었다.

"남자 거시기라니… 불알 말이냐?"

―몰라욧!

카펨부아가 불알이 달렸단다. 상상만 해도 징그럽다.

"카펨부아, 남자야?"

―요물이지만 여자예요. 그리고 당신 절대로 카펨부아의 정면 2m 이내에 서지 말아요.

"마사, 이거 아직 맹에 보고하지 마라."

―졸구십팔이 이런 식으로 나대는 거 보고했다가는 당신하고 나는 곧장 철창행이에요.

강도가 뭘 물어보려고 하는데 마사가 급히 말했다.

―졸구십팔, 오늘 나 술 사주기로 한 거 잊지 말아요. 그러니까 꼭 살아야 해요.

"저녁 7시. 잊지 않았다. 그런데 나한테 능력하고 무기 보내 줄 수 없는 거냐?"

―그러려면 맹에 보고를 하고 좌표를 불러줘야지만…….

"됐다."

강도는 전화를 끊고 화장실 입구에 섰다. 카펨부아가 나오는 걸 못 봤으니까 아직 안에 있을 것이다.

강도는 지금이라도 발길을 돌릴 수 있다. 아니, 사실 그는 화장실에 들어가면 안 된다.

능력이고 뭐고 아무것도 없는 상황이니까 당연히 돌아서야 하는 게 정상이다.

그러나 그는 돌아서지 않았다. 예전에는 몰랐었는데 무림에서 8년 동안 지내면서 알게 된 그의 성격은 굉장히 저돌적인 공격형이라는 것이다.

그는 무림에 있는 동안 단 한 번도 싸움을 피해본 적이 없었으며 일단 싸움을 시작하면 무조건 이겼었다.

지금이라고 다르지 않다. 저 화장실 안에 적, 아니, 돈이 있으니 들어가는 거다.

골목 같은 화장실로 들어서니까 입구에서 가까운 쪽이 남자 화장실이고 안쪽이 여자 화장실이다.

마사 말이 카펨부아는 요물이지만 여자라고 했으니까 여자 화장실에 들어갔을 것이다.

아니, 카펨부아는 미간의 붉은 세모꼴과 긴 혀를 날름거리는 거 빼면 지금 당장 슈퍼 모델 선발 대회에 나가도 입상할 몸매와 미모의 소유자다. 그러니까 당연히 여자다.

강도는 지금까지 여자 화장실에 들어가 본 적이 한 번도 없었지만 지금 그게 발목을 잡지는 않았다.

일단 목표를 세우면 거칠 것 없이 밀고 나가는 것이 그의
싸움 방식이다.

그가 남자 화장실을 지나 안으로 걸어가는데 여자 화장실
에서 아줌마 한 명이 치마를 추스르면서 나오다가 입구에 서
있는 강도를 보고 깜짝 놀랐다.

"엄마야……."

강도는 멋쩍은 표정을 지으면서 짐짓 화장실에 들어간 여친
을 기다리는 것처럼 굴었다.

"자기야, 아직 멀었어?"

맹세코 그는 이날까지 이런 상황에서 이따위 말을 해본 적
이 한 번도 없었다.

그런데 이건 무슨 시추에이션인가. 여자 화장실 안에서 새
끈한 여자 목소리가 화답을 한다.

"자기야, 여기 아무도 없어. 잠깐 들어와 봐."

강도더러 들어오란다. 그것도 요물 카펨부아가 말이다.

그렇지 않아도 들어갈 생각이었던 강도인지라 운공조식을
끝내고 여자 화장실 안으로 성큼 들어갔다.

남자 화장실하고는 달리 여자 화장실은 소변기가 없고 손
씻는 세면대만 있을 뿐 한쪽으로 3개의 문이 일렬로 늘어서
있으며 모두 닫혀 있다.

"맨 끝이에요. 바깥 문 닫아서 잠그고 이리 들어와요."

3번째 문 안쪽에서 목소리만으로도 남자 애간장을 녹일 것 같은 약간 허스키한 보이스가 달달하게 흘러나왔다.

강도가 아닌 다른 남자였으면 이게 웬 횡재냐고 앞뒤 가리지 않고 달려들었을 것이다.

아니, 저 요물은 이미 이런 식으로 여러 남자를 끌어들였을지도 모른다.

그렇게 해서 저 요물은 무얼 얻는 것인가. 남자하고 그냥 섹스만 하는 건가. 그럼 색골인가?

그건 아닐 거다. 상대는 요계의 5번째라는 카펨부아가 아닌가. 그러니까 남자에게서 무언가를 갈취할 게 분명하다.

그나저나 카펨부아가 바깥문을 잠그라고 한다. 강도 역시 바라고 있던 바이지만 문을 잠그면 상황이 불리해졌을 때 퇴로가 차단돼서 그걸로 끝장이다.

딸깍!

그렇지만 강도는 문을 닫고 걸쇠를 걸어 잠갔다. 그는 저돌적인 전천후 공격형 사내다. 그의 사전에 겁먹고 물러난다는 것은 있을 수가 없다.

이제는 앞으로 돌격뿐이다. 카펨부아가 죽든 강도가 깨지든 둘 중 하나다.

강도가 천천히 걸어가는데 3번째 마지막 화장실 문이 살짝 열리더니 카펨부아의 흰 손이 보였다. 그 손이 나비처럼 너울거렸다.

"여기예요."

전철에서 만난 생전 처음 보는 여자가 남자를 여자 화장실로 끌어들인다면 목적은 하나다. 한번 주겠다는 거다.

그렇지만 강도는 주겠다는 걸 받으러가는 게 아니다. 주지 않으려는 걸 뺏으려고 한다.

강도는 걸음을 멈추지 않고 걸어가면서 오른손을 옆으로 비스듬히 쭉 뻗으며 슬쩍 힘을 주었다.

'유성검.'

염병할.

오른손에 익숙한 유성검의 감촉이 느껴지지 않는다. 야탑 장미사거리에서의 기적 같은 일은 일어나지 않았다. 이제 맨 몸으로 부딪쳐야만 한다.

어느덧 강도는 3번째 문 앞에 이르렀다.

"들어와요."

카펨부아가 눈웃음을 치면서 강도가 들어올 공간을 만들어주었다.

그녀는 코트와 핸드백을 벗어 벽걸이에 걸어놓고 고급 실크 블라우스에 미니스커트를 입은 늘씬한 몸을 살짝 비틀어보였다.

강도는 들어가기 전에 자신이 조금 전에 잠근 문을 힐끗 돌아보았다.

아무런 능력도 없는 상태에서 카펨부아와 단둘이 마주 대하면 백전백패할 것이다.

도대체 무슨 깡다구로 문까지 잠그고 이런 상황을 만들었는지 모를 일이다.

그는 아주 잠깐 자신의 저돌적인 공격형 성격이 조금 원망스러워졌다.

그러면서도 그의 두 발은 그의 몸뚱이를 화장실 안으로 이끌고 있는 중이다.

드디어 강도는 카펨부아와 마주 섰다. 마사가 카펨부아 정면 2m 이내에는 서지 말라고 했는데 이 순간에는 깜짝 잊어버렸다.

탁……

카펨부아, 아니, 지금 이 순간에는 단지 육감적인 한 명의 여자일 뿐인 그녀가 강도의 왼손을 잡더니 자신의 유방으로 이끌어 만지게 하면서 코 먹은 소리를 했다.

"흐응… 당신 처음 보는 순간부터 하고 싶어서 미치는 줄 알았어요."

여자의 흑백이 또렷한 커다란 눈이 샐쭉 초승달을 만들면서 강도를 빨아들일 듯이 고혹적으로 바라보았다.

강도는 왼손으로 카펨부아의 유방을 터뜨릴 것처럼 있는 힘껏 움켜쥐면서 벽으로 밀어붙이는 동시에 오른 주먹을 그녀의 얼굴로 날렸다.

…라고 생각했다.

갑자기 눈앞에 새하얗게 변했다.

"호호호! 급하기는?"

아득한 곳에서 카펨부아의 끈적끈적한 목소리가 들렸다.

그러고는 강도가 정신을 차렸을 때는 이미 그로서는 전혀 예상하지 않았던 그리고 절대로 원하지 않았던 상황이 벌어지고 있는 중이다.

"아아… 좋아… 나 미쳐… 좀 더 세게… 아흑……."

'나 지금 뭐 하고 있는 거야?'

강도는 그저 눈을 한 번 깜빡이는 찰나의 순간이 지났을 뿐이라고 생각했다.

그런데 지금 그의 눈앞에는 정말 골 때리는 상황이 벌어지고 있었다.

여자가 상체를 숙이고 두 손으로 변기를 붙잡은 채 엎드린 자세로 다리를 벌리고 있다.

미니스커트가 허리에 말려 올라가 있고, 반투명한 빨간 망사 팬티는 저기 무릎 아래에 걸쳐져 있었다.

그리고 우윳빛의 뽀얗고 펑퍼짐한 엉덩이 두 쪽을 강도가 두 손으로 부여잡고는 미친 듯이 허리를 앞뒤로 움직이면서 하체를 거기에 부딪치고 있는 중이다.

"허… 억… 헉헉… 흐으으……."

더구나 그의 입에서는 풀코스를 달리고 있는 마라토너의 거친 숨소리가 터져 나오고 있었다.

'이… 이거 뭐야……?'

씩씩거리면서 콧김을 뿜어내고 있는 강도의 시선이 아래로 향했다.

그의 엄청나게 발기한 거시기가 여자의 뽀얗고 탐스러운 엉덩이 사이의 계곡 깊은 곳으로 전진 후퇴를 거듭하면서 술래잡기를 하고 있다.

증기기관차의 커다란 바퀴가 그의 하체를 힘차게 앞으로 밀어붙이고 있는 중이다.

칙칙폭폭…….

"으아아… 당신 정말… 굉장해요……. 나… 죽어… 아흑 흑……."

여자가 온몸을 비틀면서 숨넘어가는 소리를 냈다.

'으으… 이강도… 너 지금 뭐 하고 있는 거냐……. 너 정신 안 차릴래……?'

이런 미친 짓을 하면 안 된다는 걸 뻔히 알면서도 강도는 행동이 멈춰지지 않았다.

오히려 허리 피스톤 운동이 점점 빨라지고 있다.

더 웃기는 건 지금 강도가 절정, 그러니까 사정을 향해서 거침없이 치닫고 있다는 사실이다.

'이런 씨팔… 하려고 그런다…….'

그 절정의 순간, 강도는 카펨부아 앞으로는 2m 이내에 접근하지 말라던 마사의 말이 번뜩 생각났다.

정신을 잃기 전에 카펨부아의 촉촉하게 젖은 커다란 눈을 잠깐 봤던 기억이 났다.

그리고 또 하나. 어쩌면 강도 자신이 여자의 엉덩이 속에 사정을 하는 순간 죽을 것 같다는 직감이 들었다.

졸구조의 선임들이 말하기를, 마계와 요계는 인간의 정혈을 흡수해서 마력이 높아진다고 했었다.

이제 보니까 이년은 이런 식으로 남자의 정혈을 자신의 그곳으로 빨아들이는 모양이다.

정말 우라지게 더러운 년이다. 하필이면 그곳으로 남자 정혈을 빨아먹다니…….

정액 한 번 사정한다고 해서 남자가 죽는 건 아니다. 또한 카펨부아가 단지 정액 한 번 빨아먹자고 이런 짓을 하는 건 아닐 거다.

남자는 이렇게 카펨부아의 그곳에 자신의 팅팅 부은 거시기를 꽂은 채 정액이 아닌 정혈이 다 빨려서 죽을 것이다. 무림에서 8년 동안 살다온 강도는 정혈이 무엇인지 잘 알고 있다. 지금 강도의 생각은 그렇다.

'으아아—! 이런, 젠장! 나온다—!'

그런 생각을 하면서도 강도는 한 번도 느껴보지 못한 엄청난 절정의 쾌락 때문에 자신의 온몸이 녹아버리는 느낌을 받았다.

그것은 흡사 그의 몸이 카펨부아의 그곳으로 빨려드는 것 같은 희한한 느낌이다.

'이년을 죽여야 한다… 제발……'

강도의 얼굴과 목에 힘줄이 툭툭 곤두섰다. 정신은 그녀를
죽여야 한다고 절규하는 데도 몸은 절정으로 치닫고 있다.

그는 탱탱한 엉덩이를 붙잡고 있는 오른손을 부들부들 떨
면서 치켜들었다. 여기서 지면 인생 종치는 거다.

"탈명창(奪命槍)—!"

그의 처절한 부르짖음과 함께 어느새 그의 오른손에 한 자
루 창이 쥐어졌다.

길이 3.5m 전체가 온통 먹처럼 시꺼먼 흑창인데 끝에 창날
만 하얀색이다.

"죽어라! 이년!"

강도의 외침에 카펨부아가 뒤돌아보았다. 극도의 오르가즘
으로 치닫고 있는 그녀의 얼굴은 쾌락에 물들어 있었고, 입에
서 나온 길고 가느다란 뱀의 혀가 날름거렸다.

퍽!

"꾸엑!"

탈명창이 돌아보는 카펨부아의 미간에 아까보다 훨씬 새빨
갛게 도드라진 세모꼴을 꿰뚫고 벽까지도 30㎝ 이상 뚫으며
꽂혔다.

미간에 창이 관통되고 그 창끝이 벽에 꽂혀서 꼼짝도 하지
못하는 상태가 된 카펨부아는 지금의 상황을 믿을 수 없다는

표정을 지었다.

"끄으으… 좋… 으면서 왜 그래……?"

강도는 소유빈하고 관계를 할 때보다 훨씬 더 커진 거시기를 그녀의 계곡에서 뽑으면서 얼굴을 일그러뜨렸다.

"쌍년아, 좋아하다가 죽잖아."

"다른 남자들은 그런 거 모르던데……."

척!

강도가 카펨부아의 엉덩이를 잡고 뒤집어서 엉덩이가 위로 향하도록 붙잡고 세우자 그녀는 이상한 자세가 됐다.

미간에 탈명창을 꽂은 채 카펨부아의 눈이 감기면서 체념한 듯 중얼거렸다.

"너… 외전사였구나……. 그런데 나랑 하다가 각성했어……."

각성이고 나발이고 요물하고 그 짓을 하다니, 강도는 쪽팔려서 죽을 지경이다.

강도의 눈 아래에 활짝 벌려진 카펨부아의 사타구니에 항문과 은밀한 부위 사이에 과연 딸기 크기의 작고 붉은 주머니하나가 매달려 있었다.

그는 창을 어깨에 메고 왼손으로 정혈낭을 잡아당기며 오른손을 내밀었다.

"신룡비(神龍匕)."

나직이 중얼거리자 오른손에 두 뼘 길이의 푸른빛 단도가 쥐어졌다.

세상에 존재하는 것 중에서 자르지 못하는 것이 없다는 전설의 단도다.

삭—

"끄윽⋯⋯."

카펨부아의 정혈낭이 간단하게 잘라지자 그녀는 온몸을 가늘게 부르르 떨다가 축 늘어졌다.

뒈졌다.

탈명창이 꽂힌 미간에서도 정혈낭이 잘라진 부위에서도 피가 한 방울도 나지 않았다. 요물은 요물이다.

강도가 오른손의 신룡비를 놓자 탈명창과 함께 그 자리에서 스르르 사라져 버렸다.

그는 왼손에 쥐고 있는 정혈낭이라는 것을 들어 올려 눈앞에 대고 어떻게 생겼는지 가까이 들여다보았다.

붉고 동그란데 물결 같은 주름이 자글자글했고, 손 안에서 굴리니까 몰캉몰캉한 게 작은 물 풍선 같았다.

팍—

"어?"

그런데 힘을 세게 주었는지 정혈낭이 터지면서 뭔가 붉은 액체 같은 것이 그의 얼굴에 확 뿌려졌다.

"으으⋯ 뭐야, 이거⋯⋯."

그는 휴지를 둘둘 말아서 우선 정혈낭을 잘 싼 뒤, 주머니에 넣고 그 다음에는 얼굴을 닦았다.

그런데 방금 전에 분명히 정혈낭이 터지면서 얼굴에 무슨 액체 같은 게 뿌려졌는데 여러 번을 닦아도 휴지에 묻어나오는 것이 전혀 없다.

조금 이상하긴 하지만 착각한 것 같아서 휴지로 아직도 팅팅 불은 거시기에 묻은 지저분한 액체를 닦고는 변기에 던지고 물을 내렸다.

탕탕탕탕—

바지를 올리고 있는데 밖에서 누군가 문을 두드렸다.

"안에 누구 있어요?"

여자 목소리다. 한 명이 아니고 몇 여자의 목소리가 어수선하게 들렸다.

신고를 하라느니 힘을 줘서 문을 부수라는 등의 얘기가 들렸다.

강도는 변기 옆 바닥에 아랫도리를 까발리고 구겨진 채 죽어 있는 카펨부아에게 오른손을 뻗었다.

퍼억—

그의 손바닥에서 푸르스름한 광채가 뿜어지더니 카펨부아의 몸을 순식간에 불태워서 3초 후에는 재조차도 남기지 않고 사라지게 만들었다.

삼매진화라고 하는 고도의 수법이지만 절대신군에겐 어린아이 장난 같은 거다.

그는 벽에 걸려 있는 카펨부아의 코트와 핸드백을 벗겨서 손에 쥐고 머리로만 생각했다.

'이동간.'

쉬우우—

그 순간 그의 모습이 씻은 듯이 사라졌다.

제6장
나만 보면 환장하는 여자들

5분 후, 강도는 부천 북부역 화장실에서 걸어 나왔다.

이동간 이동 지점을 부천 북부역 화장실로 정한 첫 번째 이유는 세수를 하기 위해서다.

카펨부아의 정혈낭이 터지는 바람에 얼굴에 무슨 붉은 액체 같은 것이 튀었는데 휴지로도 닦이지 않아 영 찜찜해서 세수를 한 것이다.

그리고 두 번째 이유는 마사와의 약속 장소를 부천으로 바꾸려는 의도다.

마사는 자기가 인천 부평에 산다면서 부평에서 만나자고 했는데 강도의 생각이 바뀌었다.

마사의 드센 기를 어느 정도 꺾어놨다고 생각하기 때문에 아예 이참에 완전히 기를 분질러 놔서 앞으로는 그녀를 개인 비서 정도로 부려먹어야겠다고 마음먹었다.

그렇게 해놓으면 강도가 졸당에 있는 동안 여러모로 편할 것이다.

휴대폰을 켜니까 예상했던 대로 마사의 전화가 10번도 넘게 와 있다.

그렇다고 해도 강도는 그녀에게 전화를 할 생각이 없다. 애가 타면 그녀가 다시 전화를 할 것이다.

이러는 게 강도의 방식이다. 예전 무림에 가기 전의 그는 성격이 우유부단해서 여러모로 고생했었다.

그렇지만 무림에 가서 수많은 경험과 셀 수도 없이 많은 전투, 싸움을 하고 온갖 권모술수들과 마주쳐 헤쳐 나가는 과정에 성격이 완전히 개조됐다.

그는 무공뿐만 아니라 성격마저도 극강으로 변모했다.

휴대폰을 주머니에 집어넣으려는데 진동이 울렸다. 강주의 지랄 맞은 벨소리 때문에 밖에서는 진동으로 해놓는다.

전화를 한 사람은 역시 마사다.

―여보세요? 졸구십팔, 무사해요?

마사는 초조한 목소리로 무사하냐고 물었다.

"그래."

―카펨부아는… 어떻게 됐어요?

"죽였지."

—아아… 정말인가요?

"앞으로는 내게 두 번 묻지 마라."

"다행이에요. 얼마나 걱정했는지……."

미사의 나직한 한숨에 여러 의미가 다 담겼다.

—거기 어디예요?

"부천이야."

—집에 들어갈 거예요? 나랑 약속은 어쩌고요?

이제는 그녀가 안달이 났다. 강도에게 매력을 느끼는 것이 분명하다.

여자들 거의 대부분 세게 나가는 남자, 더구나 강한 사내를 좋아하는 법이다.

"네가 와라."

—알았어요. 기다려요.

마사는 부평에서 만나기로 했는데 어째서 부천으로 오라고 하느냐는 둥 쓸데없는 소리는 하지 않았다. 그게 조금 마음에 들었다.

부천 북부역 근처 식당이나 술집에 대해서는 전혀 모르는 강도 대신 마사가 역에서 멀지 않은 곳의 횟집을 약속 장소로 잡았다.

마사는 가게를 정리하고 7시까지 온댔다. 그녀가 가게를 한다는 사실을 알게 됐지만 무얼 하는지 궁금하지는 않다. 어차피 강도하고는 상관없는 일이다.

지금 시간이 6시 15분쯤 됐으니까 강도는 잠시 사우나에 갈 생각이다.

카펨부아하고 그 짓을 하고서 거시기를 대충 휴지로 닦았더니 찜찜해서 죽을 맛이다.

요즘 세상에 모르는 여자하고 그 짓을 잘못하다가는 성병이나 심하면 에이즈에 걸리기도 한다는데, 요계의 카펨부아라는 요물하고 그 짓을 했으니 켕기지 않을 리가 없다.

강도는 사우나에 들어가서 거의 한 시간 동안 주로 거시기만 북북 문지르다가 나왔다.

거시기는 겉보기에는 아무렇지도 않았으며 화장실에 들어가서 잠시 시험을 해보니 여전히 원기 왕성 했다.

그래도 찜찜한 기분은 어쩔 수가 없었다.

무림에 두고 온 소유빈에게 미안한 마음이 들었으나 카펨부아와의 섹스는 어쩔 수 없는 상황이었다. 그건 강도의 의지하고는 전혀 상관없이 벌어진 일이었다.

강도는 마사가 가르쳐 준 대로 횟집을 찾아서 두리번거리며 걷다가 이상한 일을 경험했다.

길을 가다가 보면 맞은편에서 오는 사람하고 같은 방향으로 가려다가 서로 부딪칠 뻔하는 경우가 왕왕 생긴다.

그럴 때 두 사람이 똑같이 같은 방향으로 피하다가 또 부딪칠 뻔하고, 그래서 또 피하는데 그것도 같은 방향이라서 여러 번 웃지 못할 해프닝이 벌어지기도 한다.

지금 강도가 그랬다. 맞은편에서 오는 여자하고 부딪칠 것 같아서 옆으로 피했는데 그녀도 같은 방향으로, 그것도 세 번이나 그랬다.

"왜 그러세요?"

갓 20살이 됐을 듯 한껏 멋을 낸 파릇파릇한 여자애가 신경질적인 얼굴로 강도를 빤히 바라보며 말했다.

"어… 가세요."

어린애하고 실랑이하고 싶지 않아서 강도는 미소 지으며 가라는 손짓을 해보였다.

그런데 가라고 하는데도 여자애는 가지 않고 강도를 말끄러미 바라보고 있다.

그러거나 말거나 강도는 그냥 제 갈 길을 갔다.

지금 시간 7시 20분. 사우나에서 꾸물거리다가 조금 늦어버렸다. 마사가 제 시간에 왔다면 화가 났을지도 모르지만 상관없다.

"저기요……"

뒤에서 웬 여자가 부르는 소리가 났지만 강도는 자기를 부르는 게 아닐 거라는 생각에 계속 걸어가면서 약속 장소인

'가인'이라는 횟집을 찾느라 두리번거렸다.

"저기요, 오빠."

그런데 뒤에서 방금 전 그 목소리가 또다시 불렀다. 이번에는 좀 더 가깝게 그리고 큰 목소리다.

강도가 걸음을 멈추고 돌아보니까 조금 전에 작은 실랑이 아닌 실랑이를 벌였던 하늘색 티셔츠를 입은 풋풋하고 예쁜 여자애가 오도카니 서서 그를 바라보고 있다.

"뭡니까?"

가까이에서 자세히 보니까 여자애는 떡가루로 빚은 것처럼 살결이 뽀얀 게 인형 같았다.

여자애는 앞으로 메고 있는 작고 앙증맞은 숄더백을 만지작거리면서 붉어진 얼굴로 수줍게 말했다.

"오빠, 시간 있으세요?"

강도로서는 전혀 예상하지 못했던 상황이다.

"왜 그럽니까?"

그런데 여자애의 입에서 전혀 예상하지 못했던 대답이 흘러나왔다.

"저 오빠가 좋아요."

"뭐……."

"사랑하고 있어요."

"야, 니가 날 언제 봤다고……."

강도는 어이가 없어서 말이 나오지 않았다.

"정말이에요. 오빠를 처음 보는 순간 반해 버렸어요."

걸 그룹 아이돌 같은 조막만 한 얼굴에 호리호리한 여자애는 두 손을 가슴에 모으고 진심 어린 얼굴로 말했다.

강도는 주위를 두리번거렸다.

"너네 몰카 찍니? 엉? 이러는 목적이 뭐야?"

강도는 여자애의 말을 눈곱만큼도 믿지 않았다. 생전 처음 보는 여자애가 길을 걷다가 서로 마주쳐서 잠시 얽혔던 것뿐인데 그딴 걸로 강도에게 첫눈에 반했다니. 그 말을 믿는다면 정신 나간 놈이다.

"아니에요. 믿어주세요. 저 정말 오빠 사랑해요."

"얘가 정말……."

여자애는 두 손을 모으고 금방이라도 울 것 같은 표정을 지었다.

"왜 제 말을 못 믿으세요. 어떻게 해야 제 말을 믿으시겠어요? 저 차에 뛰어들어 볼까요?"

어이없게도 여자애는 도로에서 쌩쌩 달리는 차들을 가리키면서 정말 뛰어들 것 같은 자세를 취했다.

"야!"

강도는 깜짝 놀라서 여자애 팔을 붙잡았다.

"오빠……."

그런데 여자애가 강도의 품으로 뛰어들어 안겼다.

"어……."

그녀는 두 팔로 강도의 허리를 꼭 끌어안고 가슴에 얼굴을 묻은 채 어리광을 부리듯 몸을 흔들었다.

"아아… 미치겠어요. 저 좀 어떻게 해주세요… 네?"

어떻게 해달라니, 그런 건 통상적으로 훨씬 더 성숙한, 그리고 싸구려 여자가 하는 대사다.

여자애가 고개를 들고 강도를 올려다보는데 눈물을 흘리고 있다.

"오빠, 제발… 저 죽을 거 같아요."

강도는 허리를 끌어안은 여자애의 팔을 풀어서 떼어내고는 냉정하게 말했다.

"난 됐거든? 어여 가던 길 가라. 까불면 혼난다."

그는 여자애의 이마를 손끝으로 밀고 돌아섰다.

'쯧, 요즘 어린것들이란.'

강도는 자기보다 몇 살 어리지도 않은 여자애를 한껏 어린아이 취급하면서 혀를 찼다.

그리고 채 세 걸음도 못 걸었는데 여자애가 달려와서 강도 앞을 가로막고 그 앞에 엎드리면서 무릎을 꿇더니 두 팔로 그의 발을 끌어안으며 부르짖었다.

"으흐흑! 오빠! 사랑해요! 제발 절 버리지 마세요!"

"……."

거기에서 강도는 병 쪄버렸다.

길 가던 사람들이 다 쳐다보고 있다.

그런데 여자애는 그러거나 말거나 이제는 무릎 꿇고 상체를 세우더니 그의 다리를 온몸으로 끌어안고 몸부림쳤다.

"흐어엉……! 오빠! 시키시는 건 뭐든지 다 할 테니까 제발 버리지만 마세요… 으흐흑……!"

'이년 혹시 요물 아냐?'

그때 그런 생각이 번뜩 들었다. 만약 여자애가 요물이라면 지금 같은 자세는 곤란하다.

다리를 끌어안은 여자애의 두 손이 점점 위로 올라오더니 엉덩이를 만지고 있으며 얼굴을 그의 하체에 묻고는 흐느껴 울고 있다.

만약 이 상태에서 이 요물이 공격을 가한다면 강도는 꼼짝도 하지 못하고 당하고 만다. 특히 소중한 거시기를 물어뜯길지도 모른다.

그는 여자애의 긴 머리카락을 한 손으로 움켜잡고 뒤로 확 젖히면서 발로 그녀의 가슴을 걷어차듯이 밀어냈다.

"비켜라."

"악!"

이어서 여자애를 옆으로 밀어 쓰러뜨리고는 재빨리 그곳에서 벗어나며 뒤돌아보았다. 그녀가 요물인지 확인하려는 것이다.

만약 예상대로 요물이라면 즉시 공격할 것이지만 아니면 도망쳐야 한다.

"으흐흑……! 오빠!"

여자애는 옆으로 픽 쓰러졌다가 벌떡 일어나더니 흐느껴 울면서 엎어질 것처럼 강도를 뒤쫓아 왔다.

행인들이 다 가던 길을 멈추고 이 보기 드문 진기한 광경을 구경하고 있다.

'미친년……'

강도는 여자애가 요물이라는 의심이 사라졌다. 진짜 요물이라면 아까 그를 끌어안았을 때 무슨 해코지를 해도 했을 테지 저렇게 떠나가는 이몽룡을 애타게 부르는 춘향이처럼 굴지는 않을 것이다.

강도는 따라오는 여자애를 떨어뜨리기 위해서 조금 빨리 뛰었다.

오래 산 건 아니지만, 사랑한다면서 죽자 사자 매달리는 여자를 피해서 도망치는 건 난생처음이다. 살다 보니 별 요상한 일이 다 생긴다.

강도가 그래도 좀 준수한 용모이긴 하지만 처음 보는 여자애가 저럴 정도는 아니다.

그런데 그때 뒤에서 사람들의 비명 소리가 터졌다.

"어맛! 쟤 찻길로 뛰어들었어!"

"아앗! 위험해!"

움찔 놀란 강도가 달리는 것을 멈추고 급히 뒤돌아보니까 인도의 사람들이 모두 한쪽 방향을 쳐다보면서 아우성을 치고 있다.

강도의 시선이 재빨리 찻길로 향했다. 그리고 조금 전까지 그에게 사랑을 애걸하던 여자애가 도로의 질주하고 있는 차량들 속으로 달려들고 있는 모습이 보였다.

뿌아아앙!

귀청을 찢을 듯한 세찬 경적 소리가 터졌다.

두 손으로 얼굴을 가린 채 울면서 달리고 있는 여자애를 향해서 한 대의 덤프트럭이 짓이길 듯이 덮쳐가고 있는 광경이 강도의 시야에 쏘아 들어왔다.

'저 계집애!'

강도는 일이 어떻게 됐든지 간에 일단 여자애를 살려야겠다고 판단했다.

그는 냅다 도로를 향해 달렸다.

'이동간!'

원래 명칭은 졸당공계의 졸당간인데도 다급한 순간에 그가 이동간이라고 부르면 실망시키지 않는다. 뭔가 그와 이동간이 질긴 끈으로 연결된 듯한 느낌이다.

뿌아아앙—

덤프트럭과 여자애의 거리는 고작 2m 남짓. 그런데도 여자애는 두 손으로 얼굴을 가린 채 울면서 달리고 있다.

타앗!

강도가 두 손으로 여자애를 가볍게 안고 떠오를 때 덤프트

럭 운전석의 남자가 일그러진 표정을 짓고 있는 모습이 선명하게 보였다.

강도는 여자애를 안고 어두컴컴한 곳에 도착했다.

덤프트럭에 부딪치기 직전에 여자애를 안으면서 속으로 '이 계집애네 집!'이라고 외쳤더니 이동간이 이곳으로 데려다주었다.

그러니까 아마도 이곳은 여자애네 집일 것이다.

"아……."

강도에게 안겨 있는 여자애가 나직한 신음 소리를 내면서 몸을 뒤척거리다가 자신을 안고 우뚝 서 있는 강도 얼굴을 바라보았다.

"아아… 오빠죠? 맞죠?"

"너 도대체……."

강도가 여자애를 바닥에 내려주려고 하는데 그녀는 두 팔로 그의 목을 끌어안고는 입술을 부딪쳐 왔다. 따스하고 부드러우며 촉촉한 입술이 달콤했다.

"으음… 오빠… 사랑해요……."

입술을 마구 비비고 강도의 입 속으로 혀와 침을 밀어 넣으면서 몸부림쳤다.

강도는 여자애를 바닥에 패대기치다시피 거칠게 떼어냈다.

"너 한 번만 더 달라붙으면 나 가버린다."

"알았어요… 안 그럴게요."

여자애는 아프지도 않은지 부스스 일어나면서 눈물을 찔끔 거렸다.

강도는 주위를 두리번거리다가 창문으로 흘러들어 온 흐릿한 빛의 도움으로 스위치를 찾아서 불을 켰다.

탁!

그곳은 아담한 원룸이었다. 주방과 책상, 벽걸이 TV와 침대가 두루 갖추어져 있다.

"저희 집이에요. 저 혼자 살아요."

여자애는 어떻게 해서 순식간에 자신의 집으로 왔는지에 대해서는 전혀 관심이 없는 것 같았다. 그녀의 관심사는 오로지 강도에게 사랑을 애걸하는 것뿐이었다.

강도는 여자애와 단둘이 된 상황이 됐으니까 차제에 이 일을 짚고 넘어가야겠다고 생각했다.

그는 바닥에 앉아서 여자애에게 앞쪽을 가리켰다.

"앉아라."

여자애가 두 손을 가슴에 모으고 몸을 꼬았다.

"오빠 무릎에 앉으면 안 돼요?"

"너……."

"알았어요. 제발 가지 마세요."

여자애가 앞에 무릎을 꿇고 앉는 걸 보고서 강도는 차분하게 물어보았다.

"너 누구니?"

"저 미지예요, 손미지."

이름을 물어본 게 아니었다.

"그래, 미지야. 너 오늘 나 처음 만났지?"

"네."

"그런데 처음 본 남자를 사랑할 수 있는 거니?"

미지는 힘껏 고개를 끄떡였다.

"그럼요. 저는 오빠를 처음 본 순간 제 운명이라는 사실을 한눈에 알았어요."

"너 아무 남자한테나 이러니?"

"아니에요. 저 학생이에요. 이래 봬도 명문 미화여대 일 학년이에요."

"너 몇 살이니?"

"20살이에요."

강도는 미지가 왜 그러는지 캐내려다가 늪에 빠진 기분이 들었다.

사람을 심문하는 건 그의 전문이 아니다. 그의 전문은 죽이는 거다.

"휴우… 갈란다."

"오빠! 가지 마세요!"

강도가 한숨을 내쉬면서 일어서니까 미지는 찢어지는 비명을 지르며 따라 일어섰다.

강도는 대꾸도 하지 않고 문으로 걸어갔다.

"오빠, 저 가지세요."

강도는 대꾸도 하지 않고 문 앞에 서서 문고리를 돌렸다.

"오빠! 저 버진이에요! 숫처녀라고요!"

강도는 미지가 닳고 닳았다고는 생각하지 않았지만 숫처녀라는 말에 어이가 없었다. 어떻게 숫처녀라는 계집애가 이럴 수 있다는 말인가.

와락!

"오빠! 가지 말아요! 네?"

뒤에서 미지가 강도를 와락 끌어안았다.

강도가 미지를 뿌리치려는데 그녀가 갑자기 그의 거시기를 두 손으로 덥석 움켜잡았다.

"오빠! 저 이거 하고 싶어서 미치겠어요! 왜 그런지 모르지만 저 지금 이거 못 하면 죽을 거 같아요! 제발… 오빠 한번 해주세요… 네?"

짜악!

"악!"

강도는 미지에게 귀싸대기를 한 대 갈겨주고 원룸을 나섰다.

당연히 미지네 원룸 앞에서는 이동간이 되지 않았다.

이제 보니까 이동간은 급한 상황에만 되는 모양이다.

미지의 원룸이 다행히 부천 상동 근처여서 강도는 택시를 잡아타고 마사가 기다리고 있을 횟집으로 향했다.

그런데 '가인'이라는 횟집은 평범한 횟집이 아니라 뜻밖에도 정통 일식집이었다.

강도로서는 평생 한 번도 와본 적이 없는 이런 곳을 마사가 약속 장소로 잡았다는 사실이 뜻밖이다.

이곳은 홀이 없으며 전체가 다다미방으로 이루어져 있는데, 여종업원이 강도를 어떤 방으로 안내해 주었다.

드르……

강도가 들어가자 상 맞은편에 단정하게 앉아 있던 마사가 살짝 눈을 치떴다.

"늦었군요, 졸구십팔."

꾸짖는 듯한 말투. 잠시의 일탈을 이쯤에서 끝내고 ma4와 졸구십팔의 예전 관계로 돌아가려고 하는 그녀의 몸부림이 엿보였다.

약속 시간이 저녁 7시인데 8시 30분에 왔으니까 늦어도 이만저만 늦은 게 아니다.

그러나 한 번 굴복시킨 마사에게 또다시 공을 들일 멍청한 강도가 아니다.

탁!

그는 말없이 상에 카펨부아의 코트와 핸드백을 내려놓고

미사 맞은편에 앉았다.

"이게 뭐죠?"

"카펨부아 물건이다."

"아……."

마사는 코트 주머니를 뒤지고 핸드백 안을 대충 살펴보더니 바닥 한쪽에 치워놓았다.

"몇 가지 쓸 만한 물건이 있군요. 이것도 인센티브를 받을 수 있을 거예요."

마사는 두 손을 깍지 껴서 상에 올리고 강도를 보면서 기대하는 얼굴로 물었다.

"정말 카펨부아를 죽였나요?"

"그래."

"정혈낭 잘라왔어요?"

강도는 점퍼 안주머니에서 휴지에 싼 정혈낭을 부스럭거리며 꺼내 상에 내려놓았다.

마사는 조심스럽게 휴지를 펴면서 긴장한 얼굴로 중얼거렸다.

"카펨부아의 정혈낭을 실제로 보는 건 처음이에요."

휴지가 꼬깃꼬깃 펼쳐지고 정혈낭이 모습을 드러냈다. 아까 강도가 처음 봤을 때보다 조금 작아지기는 했지만 여전히 손톱 크기의 빨간 물 풍선 모양이다.

마사는 자신의 채권 장수의 그것 같은 가방에서 반지함처럼 생긴 작고 검은 상자를 꺼내 상에 놓고, 얇은 수술용 고무장갑 같은 것을 끼고는 정혈낭을 집어 상자에 넣고 가방 안에 고이 넣었다.

"어디 다친 데 없어요?"

"없어."

젊은 여종업원이 일식 기본 반찬들을 갖고 들어와 상에 죽 늘어놓았다.

"요계 5위 카펨부아를 죽이다니……."

여종업원이 나가자 마사는 정혈낭을 넣은 채권 가방을 쓰다듬으면서 물었다.

"정혈낭 인센티브가 얼만지 알아요?"

강도는 말해보라는 듯 거만하게 턱을 쳐들었다.

"홍! 거만한 모습하고는."

마사는 입술을 삐죽거렸지만 밉지 않다는 얼굴이다.

"하긴, 잠깐 사이에 무려 1억 원을 벌었으니까 거만할 자격이 있어요."

강도는 움찔했다. 설마 카펨부아의 정혈낭이 1억 원씩이나 할 거라고는 예상하지 못했었다.

"정혈낭이 1억 원이야?"

"그래요. 지금껏 카펨부아를 일대일로 죽인 외전사는 맹의 4위 전당(戰堂) 전전사 아래로는 아무도 없었어요."

"그런가?"

강도는 가슴을 펴면서 조금 더 거만을 떨었다.

"굉장해요, 당신."

마사는 감탄하면서 강도를 말끄러미 바라보았다.

"그런데 나더러 카펨부아 2m 앞에 서지 말라고 말한 건 무슨 뜻이었지?"

"아……."

강도가 묻자 마사가 갑자기 어지러운 듯 고개를 흔들면서 손으로 이마를 짚었다.

강도는 묵묵히 마사를 지켜보기만 했다. 왜 그러느냐, 어디가 아프냐고 묻는 것은 친한 사람한테 하는 친절이다. 그는 마사하고는 친하지 않다.

마사는 고개를 들고 강도를 바라보면서 몹시 곤혹스러운 표정으로 중얼거렸다.

"당신… 나한테… 무슨 짓을……."

"무슨 소리야?"

"아아… 미치겠어……."

마사가 뭔가 괴로운 듯 상체를 흔들면서 얼굴을 잔뜩 찡그리고 고개를 세차게 가로젓는데 여종업원이 들어와서 주문한 회와 술 따위를 상에 차렸다.

"으음……."

마사는 여종업원이 있는 데서 실수하지 않으려는 듯 입술을 깨물면서 안간힘을 썼다.

강도가 보기에는 그녀가 매우 심각한 병을 앓고 있으며 지금 갑자기 발작을 일으켜서 몹시 고통스러운 걸 간신히 참고 있는 것 같았다.

여종업원은 마사를 힐끔거리면서 상을 다 차리고는 서둘러 밖으로 나갔다.

"마사, 왜 그래?"

강도가 눈살을 찌푸리면서 묻자 마사는 두 손바닥으로 바닥을 짚고 무릎걸음으로 엉금엉금 그에게 기어왔다.

"졸구십팔… 아니… 강도 씨……."

마사가 그를 '강도 씨'라고 부른 건 처음이다. 그걸로 봐서 그녀가 지금 제정신이 아니라는 걸 알 수 있다.

강도 앞에 다가온 마사는 몹시 더운 것처럼 정장 상의를 활활 벗고는 그를 향해 두 팔을 뻗으며 진심 어린, 그리고 뜨거운 표정으로 말했다.

"강도 씨, 제가 사랑하고 있는 거 알죠?"

'이거 혹시?'

강도는 지금 마사의 행동이 불과 30분 전에 그에게 이상한 행동을 했던 20살 미지의 그것과 매우 흡사하다는 사실을 깨달았다.

'나한테 문제가 있는 건가?'

냉정하기 짝이 없는 졸당 메신저 마사가 느닷없이 이런 행동을 할 리가 없다.

그리고 길을 가다가 우연히 잠깐 마주쳤을 뿐인 미지가 갑자기 정신이상자처럼 강도를 사랑한다고 울고 불며 매달릴 하등의 이유도 없다.

'그래. 이거 나한테 뭐가 있는 거다.'

강도는 그렇게 판단했다. 하지만 원인이 무엇일까 생각해 봤지만 짚이는 것이 전혀 없다.

"강도 씨… 아아… 사랑해요… 저 좀 어떻게 해봐요……."

마사가 강도에게 몸을 내던지듯 안기면서 두 팔로 그의 목을 끌어안고 끈적끈적하게 흐느끼듯 말했다.

"이봐, 마사, 정신 차려라."

강도가 힘줘서 떼어내는데도 마사는 다시 거머리처럼 안겨 들었다.

"제발… 아아… 미치겠어요……. 나 죽을 거 같아요… 흐으응……."

마사의 증상이 미지하고 같다면 그녀도 섹스를 원한 거라고 강도가 추측하고 있을 때 그녀가 갑자기 그의 바지 속으로 미끄러지듯이 손을 집어넣었다.

"이게……."

짜악!

"악!"

발끈한 강도는 냅다 마사의 뺨을 후려쳤다.

마사는 상체가 팩 돌아 방구석에 처박혔다.

"정신 차려."

강도가 냉랭하게 꾸짖자 마사는 옆으로 쓰러진 채 뺨을 만지며 순간적으로 정신이 돌아온 듯했다.

"음… 혹시 당신 정혈순액(精血純液)을 눈이나 얼굴에 바른 건가요……?"

"그게 뭐야?"

강도는 눈살을 찌푸렸다.

마사는 어지러운 듯 두 손으로 머리를 감싸고 꾹꾹 눌렀다.

"으음, 카펨부아의 정혈낭 안에 있는 액체를 정혈순액이라고 해요."

"그런데?"

"남자는 카펨부아의 눈을 1초 동안만 바라보고 있으면 그 요물의 성노예가 돼버린대요."

"성노예?"

"카펨부아와 섹스를 하려고 미쳐서 날뛴다는군요."

강도는 그제야 신도림역 여자 화장실에서 있었던 일이 이해가 됐다.

그는 카펨부아의 얼굴을 아주 잠깐 쳐다본 것뿐인데 그 순간 정신을 잃었다. 그리고 나서 깨어나니까 요물하고 그 짓을 하고 있었다.

마사는 정신을 차리려고 애썼다.

"카펨부아는 정력이 센 남자를 본능적으로 찾아내고 그 남자를 성노예로 만들어서 정혈을 흡수해서 죽게 만든대요. 그러고는 그것으로 자신의 마력을 높이고 또 정혈순액으로 만든다고 해요."

강도가 바로 그 꼴이 될 뻔했었다.

"카펨부아의 그런 능력은 정혈낭에서 생성되는 정혈순액 때문이래요. 그래서 정혈순액을 눈이나 얼굴에 바르면 남자는 여자를, 여자는 남자를 한 번 바라보는 것만으로 성노예로 만든다는 거예요."

'이런 빌어먹을……'

"정혈순액을 눈이나 얼굴에 바르면 이성(異姓)이 눈이나 얼굴을 바라보는 것만으로… 그리고 입술이나 혀에 발랐다면 이성에게 키스하는 순간 그 이성을 죽을 때까지 성노예로 만든다는군요……."

정혈낭이 터지면서 정혈순액인지 뭔지가 강도의 얼굴에 꽤 많이 튀었었다.

그게 눈에 들어갔는지 어쨌는지는 모르지만 얼굴에 묻은 것만은 분명하다.

그리고 어쩌면 입술에 묻었을지도 모른다. 혹시 입을 벌리고 있었다면 혀에도…….

아아… 돌아버리겠다.

마사는 뺨을 호되게 맞은 충격이 점차 사라지면서 다시 몸이 뜨거워지고 있었다.

"당신… 정혈순액을 얼굴에 바른 게 분명해요. 그렇죠?"

강도는 씁쓸하게 웃었다.

"그걸 만지다가 갑자기 터지는 바람에 액체가 얼굴에 튀었을 뿐이야."

"아아… 난 몰라. 이제 어떻게 해……."

"으음."

"강도 씨, 나 또 이성을 잃을 거예요. 그럼 강도 씨가 나 안 아줘야 해요. 안 그러면… 아아……."

강도는 마사의 얘기를 들으면서 생긴 궁금증을 물어봤다.

"그 상황에서 섹스를 안 하면 어떻게 되지?"

마사는 입을 벌리고 뜨거운 숨결을 토해냈다.

"하아아… 죽는댔어요……."

"죽는다고? 섹스 안 했다고 죽는다는 말이야?"

"몰라요. 카펨부아에 대한 자료에 그렇게 나와 있었어요… 아아… 미치겠어… 나 어떡해……."

마사는 입고 있는 블라우스를 거의 찢을 것처럼 벗으면서 강도에게 달려들었다.

"야! 마사!"

강도는 당황해서 앉은 자세로 뒤로 물러났다.

섹스를 하지 않으면 마사가 죽는다지만 사랑하지도 않는 여자하고 무조건 그걸 할 수는 없다.

"아아… 사랑해요……."

제정신이 아닌 마사는 힘이 장사다. 그녀는 뒤로 물러나는 강도에게 덤벼들어 위에 찍어 누르며 실성한 것처럼 키스를 퍼부었다.

"이게 정말……."

벌러덩 누운 자세가 된 강도는 마사의 양어깨를 잡았지만 그녀를 떼어내진 못했다.

힘으로 하면 못 할 것도 없지만 섹스를 하지 못하면 죽는다는데 어떻게 하겠는가.

강도가 잠시 가만히 있는 사이에 마사는 그의 바지를 벗기고 있었다.

결론적으로 말하자면 강도는 마사에게 강간을 당했다.

마사를 사랑하지도 않을뿐더러 그녀에게 눈곱만큼도 애정을 갖고 있지 않은 강도는 그저 덤덤한 기분으로 누워 있기만 했다.

사실 그가 할 일은 아무것도 없었다. 마사가 자신의 옷은 물론 그의 옷까지 다 벗겼으며, 일식집 다다미방 바닥에 그를 눕혀놓고는 그 위에서 마음껏 욕심을 채웠다.

"그만 일어나라."

"조금만 더 이렇게 있어요."

누워 있는 강도 위에 마사가 엎드려 그의 뺨에 자신의 뺨을 대고 있다.

"이제 된 거냐?"

"모르겠어요."

"날 봐라."

마사가 상체를 세우고 그를 말끄러미 굽어보았다.

땀에 젖어서 헝클어진 머리카락이 얼굴에 달라붙어 있다. 선이 뚜렷한 약간은 서구형의 갸름한 얼굴인데 처음 봤을 때보다 제법 미인으로 보였다.

"이제 정신은 말짱한 거 같다."

마사가 고개를 숙여 강도의 입술에 자신의 입술을 비비다가 혀를 밀어 넣고는 불분명한 발음으로 우물거렸다.

"한 번 더… 음음……."

강도는 입술을 떼며 냉정한 표정을 지었다.

"내려와라."

"네."

마사는 기지개를 켜듯이 일어서서 강도를 굽어보면서 수줍게 웃었다.

강도는 일어나 앉으며 마사를 보다가 조금 뜻밖이라는 표정을 지었다.

머슬녀라는 말은 가끔 들었는데 마사가 바로 머슬녀였다. 그리고 정말 베이글이다.

옷을 입고 있었을 때는 몰랐으나 나신으로 우뚝 서 있는 그녀의 몸은 군더더기 하나 없으며 잔근육이 잘 발달된 근사

한 육체미를 뽐내고 있었다.

어쨌든 이로써 강도는 졸당 메신저 마사를 졸따구로 삼게 되었다.

이성을 잃었던 마사는 언제 그랬느냐는 듯 말짱해졌다.

강도는 한 번의 섹스로 마사가 정상으로 돌아온 것이라고 생각했다.

"죽는 줄 알았어요."

옷을 입은 마사는 맞은편에 앉아서 조금 부끄러우면서도 만족한 미소를 지었다.

"궁금한 게 있다."

강도는 오늘 마사를 만난 본론을 꺼냈다. 그가 마사를 자신의 개인 비서로 만들려는 의도는 두 가지다. 하나는 맹이나 마계, 요계 등이 서로 얽혀 있는 시스템적인 것에 대해서 알아내는 것이고, 둘째는 그녀를 졸따구로 삼아서 앞으로 좀 편해지자는 의도다.

"잠깐 기다리면서 강도 씨 먼저 술 마시고 있어요. 저는 이거 전송할게요."

마사는 강도가 회를 먹고 또 술을 마실 수 있도록 일일이 준비하고 챙겨주었다. 그녀가 도도한 졸당 메신저였다면 어림도 없는 일이다.

그리고 나서 그녀는 가방에서 정혈낭이 든 조그만 상자를 꺼냈다. 그러면서도 마사는 강도의 잔에 소주를 따라주는 것을 잊지 않았다.

강도는 문득 마사와 섹스를 한 것이 조금쯤은 잘했다는 기분이 들어서 느긋하게 술을 마시며 그녀가 하는 것을 지켜보았다.

마사는 상자를 상에 올려놓고서 휴대폰을 꺼내 잠시 뭔가를 입력했다.

이어서 상자 위로 손을 뻗어 휴대폰 화면이 아래쪽으로 가도록 하고 # 자를 눌렀다.

사아아······.

휴대폰 화면에서 빛이 부챗살처럼 뿜어져 나오더니 상자를 끝에서 끝까지 한 차례 스캔했다.

그랬더니 마치 요술처럼 강도가 보는 앞에서 상자가 감쪽같이 사라져 버렸다.

강도는 이동간 같은 것을 이용해서 상자를 맹으로 전송시켰을 것이라고 생각했다.

"됐어요."

마사는 엷은 미소를 지으며 휴대폰을 내려놓았다.

"5분 후에 강도 씨 계좌로 1억 원이 입금될 거예요."

"어······."

마사의 말에 강도는 묘한 표정을 지었다. 이것도 저것도 아닌 요즘 자신의 상황을 타개할 작은 목표 하나가 지금 막 떠오른 것이다.

'그래, 돈 한번 벌어보자.'

강도는 무림에 8년 있는 동안 돈 같은 건 걱정하지 않았었지만 현 세계에서는 가난 때문에 엄마와 여동생 강주가 고생을 하고 또 고통을 당하고 있다.

무림에 있을 때 그의 목표는 목소리뿐인 사부의 강요였든지 그 자신의 자의였든 천하 무림의 일통이었다.

그렇지만 현 세계에 와서는 아직 이렇다 할 목표가 없다.

불맹이나 도맹, 범맹, 그리고 마계와 요계의 서로 얽힌 관계에 대해서 제대로 파악해야지만 어떤 목표를 세울 수 있을 것이다.

어쩌면 그걸 다 알게 되더라도 목표 같은 걸 세우지 않게 될지도 모른다.

그렇다면 지금처럼 이렇게 불맹의 최하위 졸전사로서 허송세월만 보낼 수는 없다.

귀부 촉각을 자르고 카펨부아의 정혈낭을 잘라서 짭짤한 돈맛을 봤다.

이왕이면 하나에 100만 원짜리 귀부 촉각보다는 1억 원짜리 카펨부아의 정혈낭 같은 걸 잘라서 돈을 왕창 벌고 싶다.

"자, 이제 우리 술 마셔요."

주량이 얼마나 센지는 모르지만 마사는 생글생글 웃으면서 자세를 바로잡았다.

그때부터 강도와 마사는 술을 마시면서 대화를 나누었다.

강도는 궁금하게 여기는 것을 물었고, 마사는 자기가 알고 있는 범위 내에서 성실하게 대답했다.

술을 마시기 시작한 지 2시간이 지났을 무렵, 강도의 물음에 마사는 더 이상 대답을 하지 못하는 상황이 됐다.

졸당 메신저인 마사가 알고 있는 것들은 그리 많지 않았다.

강도는 겨우 갈증을 해소했지만 아직 그 정도로는 만족하지 못했다.

"마사, 아까 그 상황에서 섹스를 못 하면 정말 죽는 거냐?"

술이 취해서 얼굴이 발그레해진 마사가 눈을 흘겼다.

"나 죽는 꼴 보고 싶었어요?"

"대답해라."

마사는 대답 대신 휴대폰을 켜서 뭔가를 검색하더니 강도 얼굴 앞에 내밀었다.

"봐요."

화면에는 한 장의 사진이 있었다.

사진은 수백 년 전에 죽은 미라 같은 모습인데 그 아래 한 줄의 글이 있었다.

카펨부아의 수낵(Sunac)에 당한 사망자.

"수낵이 뭐지?"

"카펨부아의 정혈낭에 들어 있는 정혈순액의 '순액'을 영어식으로 표기한 거예요."

강도는 얼굴빛이 어두워졌다.

"음, 수낵에 당하고 섹스를 하지 않으면 미라가 돼서 죽는다는 말이지?"

마사는 작게 몸서리쳤다.

"끔찍하죠? 내가 이렇게 될 뻔했어요."

강도는 벌떡 일어섰다.

"나 먼저 간다."

마사가 뭐라고 떠들었지만 그는 듣지도 않고 방에서 뛰어나갔다.

마사하고 술을 마시면서 앉아 있는 동안 그의 머릿속에서 미화여대 새내기 일 학년이라는 미지의 눈물 흘리는 모습이 떠나지 않았다.

밤 11시가 지나가고 있었다.

도로변으로 나왔지만 도통 빈 택시가 잡히지 않았다.

강도는 마음이 조급해졌다. 수낵에 당해서 섹스를 하지 않게 되면 죽게 될 줄은 몰랐다.

진작 알았더라면 강도는 새내기 미지와 섹스를 했을까? 아마도 기꺼이 했을 것이다. 사람의 목숨 앞에서 섹스 따위는 무가치한 것이라고 그는 생각했다.

빈 택시를 잡으려고 이리저리 뛰어다니던 강도는 초조한 마음에 이동간을 불러보았다. 아니, 마음속으로 생각했다.

쑤우우…….

이제는 익숙해지기 시작한 음향이 들리면서 그의 몸이 빛 속으로 빨려들었다.

강도가 도착한 미지의 방은 어두컴컴했다.

불은 꺼져 있는데 TV가 켜 있고 방바닥에 앉은 미지가 침대에 기대서 두 다리를 쭉 편 자세로 TV를 보고 있었다.

TV에서는 개그 프로를 하고 있는데 과장된 목소리와 웃음소리가 시끄럽게 흘러나왔다.

미지는 TV에 빠진 듯 움직이지도 않은 채 뚫어지게 주시하고 있다.

강도는 평온한 미지의 모습을 보고 마사가 보여준 수낵에 대한 자료가 틀렸다고 생각했다.

'마사가 날 갖고 논 건가?'

강도를 바라보다가 수낵에 걸린 마사는 섹스를 하지 않으면 죽게 될 거라면서 결국 그와 일식집 다다미방에서 질펀하게 섹스를 했었다.

그렇지만 마사 정도의 여자가 뭐가 아쉬워서 강도에게 섹스 한번 해달라고 애걸복걸했을까.

강도는 원룸을 나가기 전에 미지를 한 번 더 쳐다보았다.

그런데 뭔가 이상했다.

강도가 이 원룸에 도착해서 3분 정도 지날 동안 미지는 저 자세 그대로 꼼짝도 하지 않고 있다.

워낙 TV 프로에 빠져 있다 보면 그럴 수도 있겠지만, 지금은 상황이 상황인 만큼 그냥 지나칠 수가 없어서 강도는 천천히 미지에게 다가갔다.

강도가 여기에 나타난 걸 미지가 알면 한바탕 야단법석이 나겠지만 그래도 찜찜한 것은 확인을 해봐야 한다.

강도가 허리를 굽히고 얼굴을 미지 옆얼굴 10㎝까지 가까이 갖다 대는 데도 그녀의 시선은 TV에 고정된 상태고 눈도 깜빡이지 않았다.

강도는 한쪽 무릎을 꿇고 조용히 불렀다.

"미지야."

대답이 없다.

손을 미지의 어깨에 대니까 그녀의 몸이 반대편으로 스르르 쓰러졌다.

제7장
완벽 소탕

 강도가 일식집에서 마사와 술을 마시면서 들은 그다지 많지 않은 얘기 중에서 가장 중요한 내용은 두 개로 압축할 수 있다.

 첫째는 어떤 이유에선지는 모르지만 지구의 질서 체계가 무너져서 지구상에 존재하는 수많은 종(種)들이 자신의 구역을 벗어나게 되었다는 사실이다.

 그 종들은 거침없이 다른 종들의 구역을 침범했으며, 그 구역에서 살아가기 위하여 원래 그곳에 살고 있는 종을 수단 방법을 가리지 않고 몰아내기 시작했다.

 인간 세계를 침범한 종은 꽤 많은데 그중에서 가장 위협적인 종이 마계와 요계다.

그들은 인간의 정혈을 새로운 먹이로 삼았지만 전쟁 같은 것을 일으켜서 무조건적으로 인간들을 죽이고 정혈을 흡수하는 하책을 사용하진 않았다.

마계와 요계가 선택한 최상책은 소리 소문 없이 인간 세계를 접수하는 것이다.

그들은 인간 세계를 움직이는 힘이 두 가지라고 평가했으며, 그것은 바로 경제와 정치였다.

그 두 개를 장악하면 인간 세계를 손쉽게 접수할 수 있다는 결론을 내렸다.

그래서 마계와 요계는 아무것도 모르고 있는 인간 세계에 침투하여 야금야금 경제계와 정계를 접수해 나갔다.

접수라는 것은 말 그대로 인간들이 이룩한 기업체나 정치 단체 따위들을 공략하여 자신들의 소유로 만드는 것이다.

불맹이 처음 조직됐을 무렵에 마계와 요계는 대한민국의 경우, 인간 세계의 경제계와 정계를 67%까지 장악했었다.

그것을 불맹이 치열하게 싸워서 현재 43%까지 낮추었다.

말하자면 현재 대한민국의 기업체와 정계 43%가 마계와 요계 수중에 떨어져서 그들에 의해서 좌지우지되고 있다.

맹에서는 최후의 마지노선을 70%로 잡고 있다. 즉, 마계와 요계가 인간 세계의 경제계와 정계를 70%까지 장악하면 인간 세계를 완전히 접수했다고 여기는 것이다.

그 상황이 되면 불맹도 더 이상 손을 쓸 수 없다고 한다.

둘째는 불맹의 탄생이다.

지구상의 질서 체계가 무너지면서 과거의 뛰어난 인물들이 현 세계로 오는 일이 생겼다.

그중에 무공이 화경(化境)에 이른 인물이 하나 있었는데 나중에 그를 수노(SUNO)라고 부르게 되었다.

수노는 에스페란토어로 '태양'이라는 뜻이고 수노는 무림에서 불가(佛家)의 전설적인 고승이었다.

수노는 현 세계가 마계와 요계에 짓밟히고 있다는 참담한 현실을 알아내고 무림에서 현 세계로 건너온 몇 명의 절정고수들을 규합하여 불맹을 조직했다.

마계와 요계를 상대하기 위해서는 전사(戰士)들이 필요하다고 판단한 불맹에서는 과거의 무림에서 고수들을 현 세계로 데리고 오려 했다.

그러나 어떤 이유에선지 번번이 실패했다.

무공이 절정의 경지에 도달하지 못한 사람은 무림에서 현 세계로 오지 못했다.

불맹의 지도자 수노가 창안한 장치인 월계를 사용하여 무림의 고수들을 데리고 오면 모조리 죽어 버리는 것이다.

그래서 결국 찾아낸 방법이 현 세계에 살고 있는 사람들을 과거 무림으로 보내서 일정 기간 동안 무공 연마를 시킨 후에 현 세계로 불러와서 불맹의 전사로 만드는 것이었다.

그 방법은 현재까지도 계속 사용되고 있지만 거기에는 맹점이 하나 있다.

현 세계의 시간으로 계산하여 일 년에 200명밖에 전사를 양성할 수 없다는 사실이다.

그 200명 중에서 불맹의 요구를 받아들이지 않고 일상으로 돌아가는 사람이 30명 정도다.

불맹에서 후한 월급과 높은 인센티브제를 적용하는 덕분에 그나마 이탈자가 적은 편이다.

그리고 마계, 요계와의 전투 중에 손실되는 즉, 죽는 전사의 수가 일 년에 100명 정도이고, 부상 때문에 자연적으로 이탈되는 전사가 70명 수준이다.

그것은 일 년에 전사 200명을 양성해서 200명을 고스란히 다 잃어버려서 결국 제로가 되는 악순환을 거듭하고 있다는 얘기다.

마사가 알고 있는 내용은 거기까지였다.

그리고 마사는 도맹이나 범맹에 대해서는 전혀 말을 하지 않았다. 아마도 모르고 있는 것 같았다.

＊　　　＊　　　＊

"공계주, 이자는 뭔가?"

소위 불맹삼로(佛盟三老)라고 불리는 무로, 용로, 협로 세 사람이 공계주의 보고를 받던 중에 무로가 모니터의 외전사 한 명을 가리켰다.

모니터에 나타난 사진은 강도다. 그저께 부천에서 야탑으로 가는 버스 안에서 맹에 복귀 신고를 했을 때 찍어서 보낸 그의 상반신 사진이다.

그 옆에는 그에 대한 많지 않은 프로필이 자잘하게 빼곡하게 적혀 있다.

장로 전용 휴게실 소파에 앉아 있는 용로는 무로가 가리키는 모니터를 들여다보다가 깜짝 놀랐다.

"아니, 이게 무슨 일이요? 졸전사가 요계 5위 카펨부아를 죽였다는 말이오?"

무로는 고개를 끄떡이며 공계주를 쳐다보았다.

"그래서 공계주에게 묻는 거요."

불맹삼로 앞에 선 공계주가 공손히 대답했다.

"졸구조 십팔전사인데 산예도라고 합니다."

협로가 아는 체를 했다.

"산예도라면 하남무림에서 조금 이름이 있는 자였소."

협로는 무림에 있을 때 천하 무림의 정보를 쥐락펴락하던 개방의 방주였다.

공계주는 모니터의 버튼을 눌러서 다른 화면을 띄웠다.

"이틀 전 분당 매지봉 전투에서 귀부 촉각 15개를 획득한 자와 동일 인물입니다."

"그런가? 그 보고는 나도 들었네."

무로는 조금 놀라는 표정이다.

용로가 고개를 갸웃거렸다.

"산예도라는 자가 그 정도로 고강했는가?"

소파 끝에서 담배를 피우고 있는 협로가 또 참견했다.

"낙양 비류보의 총당주니까 삼류는 아닐 것이오."

무로가 흰 눈썹 아래에서 눈을 빛냈다.

"공계주, 산예도라는 자, 조사했나?"

"그렇습니다."

"그저께 신군과 같이 현 세계로 온 167명 중에 한 명인가?"

"아닙니다."

"아니라면?"

공계주가 고개를 조아렸다.

"산예도는 신군처럼 범계 범맹(凡盟)입니다."

무로, 용로, 협로가 동시에 공계주를 쳐다보았고 용로가 예리하게 물어보았다.

"그럼 우리가 신군을 불맹으로 끌어오려고 트위스트하는 과정에서 산예도가 이리 넘어온 건가?"

공간끼리의 이동은 '공계'가 하지만 시간 이동은 월계(越界)가 하고 있다.

그 과정에서 월계를 비틀어서 현 세계의 다른 곳에 도착하게 하는 것을 속칭 '트위스트'라고 부른다.

"그렇습니다."

무로는 턱을 주억거렸다.

"덕분에 괜찮은 외전사 하나를 얻었군."

*　　*　　*

현 세계로 돌아온 지 3일째 오전 10시.

강도는 분당중앙도서관 주차장에 서 있는 졸당 전용 버스 안에 졸구조와 함께 있다.

버스 안에는 졸구조 18명이 앞쪽과 중간, 뒤쪽 세 군데로 나누어서 앉아 있다.

그저께 매지봉 전투 때 발생한 부상자는 오늘 새로운 졸전사로 충원되었다.

버스 앞쪽에는 졸구조장과 그의 측근들이 앉아 있다. 측근이라고 해봐야 졸구이와 졸구삼뿐이다.

중간에는 오늘 새로 충원된 외전사 4명이 어색한 표정으로 띄엄띄엄 앉아 있으며, 그들을 제외한 11명이 버스 뒤쪽에 몰려 있다.

맨 뒷자리에는 강도가 앉아 있고 좌우에는 한아람과 강도의 심복이라고 자칭하는 졸구칠과 졸구팔, 그리고 그저께 매지봉 전투 때 같이 싸웠던 4명, 그렇게 도합 7명이 똘똘 뭉쳐 있다.

그리고 그저께까지는 졸구조장 쪽이었다가 오늘부터 강도 편으로 붙은 졸전사 4명이 포함되었다.

졸구조의 조장은 졸구일이지만 버스 안의 상황으로 봐서는 강도가 조장처럼 보였다.

강도는 짙은 검은색 선글라스를 끼고 있다. 사람들이 그의 눈을 1초 동안 보고 있으면 수뇌에 걸리는 것을 방지하기 위한 미봉책이다.

남자가 강도를 보고 수뇌에 걸리는지 아닌지는 아직 모르고 그런 자료도 없다. 그렇다고 해서 시험해 보고 싶은 마음은 눈곱만큼도 없다.

따롱~

강도의 점퍼 안쪽 휴대폰에서 소리가 났다. 맹이나 마사에게서 메시지가 도착하면 그런 소리가 난다는 것을 강도는 어제 일식집 가인에서 알게 되었다.

어젯밤 마사와 술을 마시다가 휴대폰에서 소리가 나서 확인해 보니까 맹에서 보낸 메시지인데, 강도의 계좌에 카펨부아의 정혈낭 인센티브 금액 1억 원과 카펨부아의 핸드백에 들어 있던 몇 가지 쓸 만한 것들에 대한 인센티브 금액 700만 원을 입금했다는 알림이었다.

강도는 휴대폰을 꺼내서 확인해 보았다.

'오늘부터 졸구18이 졸구조 조장 승진'이라는 제목에 그 아래로 문자가 빼곡했다.

"어머?"

강도 왼쪽에 앉은 한아람이 그의 휴대폰을 들여다보다가 깜짝 놀라는 표정을 지었다.

한아람은 두 팔로 강도의 팔을 꼭 안으면서 자기 일처럼 기뻐했다.

"정말 잘됐어요."

한아람의 풍만한 가슴이 강도의 팔에 물컹하고 전해졌다.

같은 시간에 졸구조장에게도 맹에서 메시지가 도착했다.

강도는 운전석 바로 뒷자리에 앉아 있는 졸구조장이 휴대폰을 들여다보고 있는 모습을 보면서 그게 어떤 문자일지 짐작했다.

맹은 자비로웠다. 졸구조장이 충격을 다스릴 시간을 10초 정도 주고는 전체 조원들의 휴대폰에 같은 내용의 문자를 전송했다.

오늘부터 산예도가 새로운 졸구조장이 됐다는 내용이다.

새로 충원된 4명의 조원을 제외한 전체 졸구조 외전사들이 뒷자리의 강도를 쳐다보았다.

강도는 조장으로 승진했다는 사실이 영 마땅치 않았다. 그만큼 귀찮아지기 때문이다.

조장 월급이 일반 조원보다 300만 원 많은 800만 원이라는 사실 말고는 마음에 드는 게 없다.

"졸구칠."

강도가 조용한 목소리로 부르자 오른쪽에 앉은 졸구칠이 벌떡 일어섰다.

"옛썰, 보스!"

"지금부터 네가 졸구이다."

"엣?"

강도는 그저께 꼬박꼬박 존대를 했던 졸구칠에게 대뜸 반말을 했다.

그걸 당연하게 여기는 졸구칠은 강도의 말을 제대로 알아듣지 못했다.

"하기 싫어?"

"아, 아닙니다! 감사함다!"

여긴 군대가 아닌데도 졸구칠은 냅다 경례를 붙이며 고함을 질렀다.

"조장, 저, 저는요?"

그저께 졸구칠과 함께 열심히 강도를 보필했던 졸구팔이 기대 어린 표정을 지었다.

"넌 졸구삼이다."

"예엡! 충성!"

강도가 나중에 알게 된 사실이지만 졸구십팔에서 졸구일까지 올라갈 가능성은 10% 정도이고, 거기에 소요되는 시일은 평균 5년이라고 했다.

그리고 졸구조 내에서 단계 하나 승진하는 데 평균 반년이

걸린다고 했다.

그런데 졸구칠과 졸구팔이 단번에 무려 6단계나 승진했으니 콧구멍으로 불기둥이 뿜어질 만큼 기쁜 건 당연하다.

이들이 이렇게 기뻐하는 데에는 그럴만한 이유가 있다. 맹에서 지급하는 월급이 호봉제라서 한 단계 올라가면 비록 몇십만 원이지만 월급이 조금 오르기 때문이다.

졸구칠의 월급은 550만 원쯤 되는데 졸구이는 720만 원이니까 강도의 말 한마디에 졸지에 월급이 170만 원이나 오른 것이다.

강도는 휴대폰을 한아람에게 주었다.

"맹에서 도착한 내용 졸구이에게 보내줘라."

"네, 신… 보스."

한아람은 입에 밴 '신군님'이라고 부를 뻔하다가 급히 보스라고 불렀다.

강도는 자신이 졸구조장이 된 소감 같은 것도 밝히지 않고 졸구칠, 아니, 졸구이에게 명령했다.

"브리핑 시작해라."

조장이 되면 자동적으로 졸구일이 된다.

브리핑의 내용은 별거 없었다.

매지봉에 있을 것이라고 짐작하는 귀부굴에는 마계 휘하 2개의 귀부 소대 72명과 각 소대장 2명, 부소대장 2명, 도합 76명이 있다는 것.

졸구조가 그랬듯이 매지봉 귀부굴 역시 사망자로 인한 결원은 즉각 충원되어 현재 귀부굴에 귀부 76명이 있을 것이라는 사실.

귀부굴을 완전 소탕 섬멸시키면 귀부 촉각 인센티브와는 별도로 1억 원의 보너스가 지급된다는 사실 등이다.

강도가 졸구조 졸전사들에게 해준 일은 단 하나다.

졸전사 3명을 한 개 팀으로 묶어서 전체 6개 팀으로 만든 것이다.

졸전사가 귀부 한 명과 일대일로 싸우면 평균적으로 20% 정도 우세함에도 불구하고, 귀부 한 명이나 2명하고 싸울 때는 졸전사 한 개 팀이 상대하고, 귀부 3명 이상일 때는 졸전사 2개 팀이 합세하라고 지시했다.

그리고 각 팀끼리는 20m의 간격을 유지하여 언제라도 서로를 도울 수 있도록 했다.

그런 시스템이 잘 유지되면서 전투를 벌인다면 졸구조는 웬만해서는 사망자나 부상자가 나오지 않을 것이다.

그런 전법은 강도가 이미 통달한 병법서(兵法書)에 나오는 기본이다.

그가 무림에서 수만 번을 싸워서 단 일패도 없었던 절반의 이유는 병법서를 적절하게 응용한 덕분이었다.

"조장, 이번에는 공격 방향을 바꿔보는 게 어떻습니까?"

의욕이 넘치는 졸구이가 제안했다.

"좋아. 어디가 좋겠나?"

"지도 띄워."

졸구이의 명령에 졸전사들이 버스 운전석 뒤쪽의 모니터에 매지봉 인근 지도를 띄웠다.

"여기가 어떻겠습니까?"

졸구이는 현재 위치인 분당중앙도서관에서 매지봉 남서쪽의 서현저수지라는 곳을 손으로 짚었다.

"그러지."

그저께 이 지점에서 올라갔으니까 오늘은 다른 방향으로 오르자는 얘긴데 전술의 기본 중에서도 기본이다.

그렇게 봤을 때 전임 조장은 전술의 기본도 모르는 무식한 놈이다.

그렇지만 졸구이의 얘기는 졸개들끼리 싸울 때의 전술이고 강도 같은 거물의 싸움에서는 공격하는 장소가 어디든 상관이 없다.

그러나 강도의 심복이라고 자부하는 졸구이의 제안에 힘을 실어주려고 그러라고 했다.

버스가 출발하려고 하는데 현재는 졸구팔까지 전락한 전임 조장이 버스 입구에서 쭈뼛거렸다.

여전히 맨 뒷자리에 앉아 있는 강도는 전임 조장 염정환에게 말했다.

"졸구팔, 갈 거냐?"

버스에서 내릴지 말지 갈등하던 염정환은 강도의 그 말에
내리기로 결정했다.

버스에서 내린다는 것은 맹을 탈퇴한다는 뜻이다. 졸구조
에서 스스로 이탈한 사람을 맹에서 다른 곳에 배치하지는 않
는다.

강도는 딱 한마디만 더 했다.

"나는 사람을 차별하지 않는다."

염정환은 내리지 않았고 버스는 출발했다.

오전 11시 정각, 매지봉 전역에 전공이 펼쳐지고 졸구조 졸
전사들에게 능력과 무기가 전송됐다.

졸구조 6개 팀 18명의 졸전사가 매지봉 남서쪽 서현저수지
를 출발하여 산을 오르기 시작했다.

강도가 어제 일식집에서 마사에게 들은 정보 중에 마계의
마군(魔軍)은 지하로부터 왔다고 했다. 그래서 마군은 어둠과
음습한 곳, 땅속을 좋아한다는 것이다.

'이놈들은 땅속에 있을 것이다.'

그래서 강도는 그런 결론을 내렸다.

지금 강도는 오른쪽 어깨에 애검인 유성검을 메고 있으며
절대신군의 능력을 되찾았다.

'그렇다고 땅속을 다 뒤질 수는 없다.'

그는 걸음을 늦추고 뒤따르는 졸구팔 염정환을 돌아보았다.

"졸구팔, 귀부들이 서로 의사소통을 하는 초음파라는 것이 뭐냐?"

강도는 염정환을 한아람과 함께 자신의 팀에 묶었다. 염정환이 조장이 될 정도면 뭔가 쓸 만한 재주가 있을 것이라고 생각했기 때문이다.

전임 조장이라고 해서 무조건 내치는 것은 졸장부들이나 하는 짓이다.

한구석이라도 쓸모가 있으면 갖다 쓰는 게 진정한 전술가의 태도다.

염정환은 재빨리 강도 옆으로 와서 공손한 태도로 설명했다.

"귀부들은 2만 헤르츠 가까운 초음파를 사용한다는데 맹의 음파탐지기가 제대로 잡아내지 못하고 있습니다."

염정환은 조심스럽게 덧붙였다.

"제 소견입니다만……."

"말해봐라."

염정환은 36살로 강도보다 12살이나 많지만 그런 걸로 윗사람 대접받으려면 이 바닥을 떠나는 게 좋다.

참고로 무림에 있을 때 강도의 수하 중에는 70~80대 노인들도 수두룩했다.

"아마 귀부들은 2만 헤르츠보다 더 높은 음역을 사용하는 것 같습니다."

강도는 조원들에게 대기하라고 이르고 혼자 매지봉 정상으로 향했다.

조원들 시야에서 벗어난 그는 어풍비행술(馭風飛行術)을 전개하여 둥실 숲 위로 떠올랐다가 한 줄기 바람에 몸을 싣고 정상까지 1.5㎞ 정도의 거리를 불과 5초 만에 도달했다.

정상이라고 해서 다른 높은 산처럼 높은 봉우리가 우뚝 서 있는 게 아니다.

매지봉은 산 전체가 둘레 10㎞에 해발 250m의 동네 야산에 불과하다.

그렇다고 해도 야탑 인근에서는 고도가 제일 높아서 사방 어디라도 한눈에 관찰할 수 있다.

강도는 정상이라고 생각되는 지점의 가장 높은 나무 꼭대기에 올라섰다.

나뭇가지가 손가락 굵기였지만 그는 종이 한 장의 무게로 바람에 흔들거리면서 천천히 사방을 둘러보며 공력을 끌어 올렸다.

지금 그는 매지봉 거의 한복판에 서 있기 때문에 매지봉의 가장 먼 거리라고 해봐야 2㎞를 넘지 않았다.

그의 청력이라면 최소 30㎞ 내의 모든 소리를 감청할 수가 있다. 소리뿐만이 아니라 파장까지도 다 잡아낸다.

이윽고 그의 귀로 매지봉 내에서 발생하는 온갖 음향들이 쏟아져 들어왔고, 몸으로는 파장들이 감지됐다. 현재 그는 하나의 초강력 레이더 같은 상태다.

졸구조 조원들의 대화도 들렸으며 그중에는 졸구팔에서 졸구삼으로 승진한 자가 한아람에게 치근덕거리는 소리도 잡혔다.

"졸구십이, 조장하고 무슨 관계요? 내가 보니까 예전부터 아는 사이였던 것 같은데?"

한아람은 대꾸하지 않았고 졸구삼이 계속 들이댔다.

"둘이 잤습니까? 둘 사이가 연인 같던데?"

가만히 있던 한아람이 쏘아붙였다.

"똥개 눈엔 똥만 보이죠?"

다른 조원들이 킥킥거리면서 웃는 소리가 들렸다.

'이거다.'

그때 강도는 바람이나 전파하고는 확연하게 다른 마치 톱질하는 것 같은 독특한 파장을 감지했다.

강도가 조원들 곁을 떠난 지 5분쯤 지났을 때 모두의 귀에 그의 목소리가 똑똑하게 들렸다.

"모두 올라와라. 거기에서 2시 방향이다."

공터 여기저기에 앉아 있던 조원들은 깜짝 놀라서 급히 주위를 둘러보았지만 강도의 모습은 보이지 않았다.

"조장 목소리잖아?"

누가 고개를 갸웃거리자 조원들 중에서 나이가 가장 많은 졸구십이 눈을 휘둥그렇게 뜨며 중얼거렸다.

"방금 그거 천리전성(千里傳聲) 같은데?"

수법은 천리전성이지만 사실은 최소 50㎞ 이내에 있는 사람에게 목소리를 전하는 절정의 수법이다.

"전음폰 아니었어?"

"아냐. 천리전성이 틀림없어. 그건 조장이 1㎞ 밖에 있다는 뜻이야."

무전기처럼 사용하는 전음폰은 1㎞ 내에서만 통수신이 가능하기 때문에 강도가 천리전성으로 조원들에게 목소리를 전한 것이다.

"뭐 하고 있는 거냐? 출동이다."

부조장 졸구이가 제일 먼저 2시 방향으로 쏘아가면서 조원들을 독촉했다.

강도는 천리전성으로 조원들을 불러놓고 자신이 있는 곳에서 귀부굴을 찾아가는 길목 곳곳에 노부(路符)를 띄엄띄엄 남겨두었다.

노부는 특수한 기호로서 뒷사람에게 어떤 장소나 간단한 내용을 전할 때 남기는 무림인들만의 표식이다.

강도가 찾아낸 매지봉 귀부굴은 정상에서 멀지 않은 경사가 완만한 산비탈에 누군가 일구어놓은 밭에 있었다.

그곳의 나무들을 베어내고 200평 남짓 개간한 밭이 있었는데, 아무렇게나 막 자란 배추와 무가 그득하게 펼쳐졌다.

그리고 밭 위쪽에 집이 한 채 있는데 매우 작아서 집이라기보다는 밭을 개간한 사람이 잠시 기거하는 나무로 지은 움막 같은 모습이었다.

강도는 그저께 귀부들과 마주쳤을 때, 그들에게서 감지했던 특유의 초음파가 움막 안에서 흐릿하게 흘러나오는 것을 감지하고 천천히 나무 문을 열었다.

끼이…….

움막 안은 텅 비어 있었다. 4평 정도의 좁은 공간에는 한쪽에 이불이 펼쳐져 있는 간이침대와 피크닉용 플라스틱 테이블과 의자 두 개, 취사도구가 놓여 있어서 누군가 이곳에서 생활한 흔적이 남아 있었다.

그러나 자세히 보면 움막 안에는 사람의 체취나 요리를 해먹은 냄새가 배어 있지 않았다.

간이침대에서 사람이 잤다면 체취가 남아 있어야 하고 요리를 했다면 냄새가 배어 있어야지만 정상이다.

그런데 움막 안에서 그런 게 전혀 느껴지지 않는다면 간이침대와 이불, 테이블, 취사도구 따위는 귀부가 꾸며놓은 연극을 위한 소도구일 뿐이다.

강도는 여전히 무엇인가의 기척을 느꼈다. 인간의 심장박동하고는 현격하게 다른 매우 느린 심장박동과 맥박이다. 그리고 그것은 강도의 발아래에서 감지되고 있었다.

강도가 살펴보니까 간이침대 아래에 종이 박스들이 빼곡하게 쌓여 있는데 거기가 수상해 보였다.

그가 슬쩍 손을 뻗었다가 잡아당기는 손짓을 하니까 침대와 종이 상자들이 한꺼번에 공중으로 둥실 떠오르며 그의 손짓에 따라서 한쪽의 바닥으로 소리 없이 내려서고, 그 자리는 순식간에 텅 비었다.

그리고 바닥에 하나의 검은색 철문이 나타났다. 한쪽 길이가 60㎝쯤 되는 정사각형 철판인데 거기에 손잡이가 부착되어 있었다.

이번에도 강도가 아주 가볍게 손을 슬쩍 끌어당기는 시늉을 하자 철문이 종잇장처럼 찌그러지면서 뜯어져 한쪽 구석에 처박혔다.

쿠당!

철문이 뜯겨 나간 자리에는 아래로 뻗어 있는 돌계단이 나타났다.

휙!

강도는 추호의 망설임도 없이 훌쩍 몸을 날려 돌계단이 있는 곳으로 뛰어들었다.

그가 예상했던 대로 20계단 아래에는 콘크리트로 만든 꽤 넓은 공간이 펼쳐져 있었다.

돌계단 위에서 스며드는 흐릿한 빛이 전부인 어두컴컴한 공간이지만 무공이 화경에 도달한 강도에겐 대낮처럼 밝게 보였다.

공간 여기저기에는 테이블과 소파, 식탁, 간이침대 몇 개가 놓여 있으며, 그곳에 귀부 8명이 앉거나 누워 있다가 깜짝 놀라서 막 일어나고 있는 중이다.

귀부들은 철판이 뜯어지는 소리에 즉각 반응하여 벌떡 일어나고 있었는데 강도는 이미 공간 한가운데 내려서고 있었다.

이곳의 귀부들은 그저께 강도가 매지봉에서 봤던 귀부들처럼 경비원 같은 제복을 입고 있었다.

귀부들은 처음에는 깜짝 놀랐으나 나타난 상대가 한 명뿐이라는 사실 때문에 조금 안심하는 것 같았다.

또한 휴식을 취하고 있던 중이었는지 무기인 삼지창을 지니고 있지 않았다.

쉬아악!

그들이 어떤 행동을 취하기도 전에 강도에게서 흐릿한 빛이 번뜩이더니 귀부 8명의 목이 한꺼번에 모조리 잘라졌다.

어느새 유성검을 오른손에 쥐고 있는 강도는 재빨리 날카롭게 사방을 쓸어보았다.

투두둑… 쿵쿵…….

그제야 귀부들의 잘라진 머리와 몸뚱이가 앞다투어 바닥

에 떨어지고 쓰러졌다.

강도의 시선이 한쪽 벽에 멈추었다. 거기에는 수십 자루의 삼지창들이 세워진 상태로 진열되어 있었다.

그저께 매지봉 전투 때에는 마치 귀부들이 기다리고 있었던 것처럼 졸구조를 기습적으로 공격했었다.

그것은 아마도 졸구조가 매번 분당중앙도서관 쪽에서 올라왔기 때문에 그날의 작전을 미리 간파당했던 것 같다.

그렇지만 오늘은 매지봉 남서쪽인 서현저수지 쪽에서 올라온 게 놈들의 허를 찌른 모양이다. 졸구이의 공격 방향 전환이 먹혔다.

강도의 시선이 두 번째 멈춘 곳은 공간 반대편에 굳게 닫혀 있는 철문이다.

강도는 철문 옆에 콘크리트 벽에 손가락으로 노부를 남겼다. 그저 손가락으로 끄적거렸을 뿐인데 콘크리트 벽이 두부처럼 푹푹 들어가며 특수한 기호를 남겼다. 그러고는 철문을 열어젖히고 안으로 뛰어 들어갔다.

드긍…….

철문 안에는 어두운 지하 통로가 아래로 비스듬히 길게 그리고 곧게 뻗어 있었다.

이곳은 지하지만 강도의 감각은 통로가 북서쪽으로 뻗어 있다는 사실을 인지했다.

콘크리트를 부어서 사각으로 만들었으며 일정한 거리마다

환기창이 있고 바닥 양쪽에는 배수로까지 만들어져 있다. 아주 작정을 하고 공사를 한 것 같았다.

그렇지만 형광등이나 백열등 같은 것이 하나도 없어서 매우 캄캄했다.

지하 생활을 하는 마계의 마족(魔族)은 빛 한 점 없이도 귀뚜라미 같은 촉각을 눈처럼 활용한다고 했으니까 불이 필요 없을 것이다.

강도는 지하 통로를 따라서 1㎞쯤 달리다가 무슨 생각이 들어서 그 자리에 멈추고는 휴대폰을 꺼내 아까 버스에서 조장으로 승진됐을 때 맹에서 보낸 문자 중에서 같이 따라온 옵션들을 살펴보았다.

그중에 '졸당 전용 호출'이라는 것을 눌렀다.

─졸구일, 뭐죠?

그러자 나긋나긋한 아가씨 목소리가 흘러나왔다. 저쪽에서는 이쪽의 신분을 즉각 안 것 같다.

"귀부굴이 전공의 범위 밖에 있는 것 같다."

상대의 신분이 무엇이든 대뜸 반말이 튀어 나갔다. 절대신군이었을 때의 습관인데 이제는 그런 것을 감추고 싶지 않고 내키는 대로 했다.

─요구 사항이 뭔가요?

"전공의 범위를 넓혀주거나 이동해야겠다."

─넓히는 것은 곤란하고 전공을 어디로 이동해야 하는지

알려주세요.

"방법은?"

―지금 있는 곳이 전공을 이동해야 할 장소인가요?

"아니다. 지금 이동 중이다."

―그렇다면 위원회와의 통신을 끊지 말고 이동을 끝마친 즉시 #33을 눌러주세요.

"알았다."

외전사들은 '맹'이라 하고 사무직 책상물림들은 '위원회'라고 부른다더니 그 말이 맞았다.

"헉헉헉……."

강도는 지하 통로를 달리다가 갑자기 무공이 사라지는 바람에 적잖이 당황했다.

그 때문에 지하 통로 끝까지 가는 동안 몹시 지쳐 버렸다.

전공 범위를 벗어났기 때문에 능력과 지니고 있던 유성검까지 사라져 버린 것이다.

지하 통로는 최초 밭에 있던 움막으로부터 4.5km쯤 떨어진 곳에서 끝났음을 캄캄한 어둠 속에서 휴대폰의 거리 표시기가 알려주었다.

능력이 사라지니까 눈앞에 캄캄해져서 아무것도 보이지 않아 선글라스를 머리에 얹고 휴대폰을 플래시 삼아 조금씩 전진했다.

이윽고 강도는 지하 통로의 막다른 곳을 더듬다가 그 끝에 있는 철문을 밀고 밖으로 나갔다.

그긍…….

철문 밖은 복도다. 좌우 가로로 길게 복도가 이어져 있으며 띄엄띄엄 흐릿한 불빛이 비추고 있다.

불빛이 필요하다는 것은 이곳에 귀부들만이 아니라 사람도 있다는 뜻일 것이다.

맞은편 벽에 '―B5.f5―'라고 적혀 있다. '―B5―'는 지하 5층이라는 뜻이고 '―f5―'는 구역을 나타내는 것이다.

강도는 아직 통화 중인 휴대폰의 #33을 눌렀다.

화면에 '―전공 이동―'이라는 글이 떴다.

그와 동시에 잠시 사라졌던 능력이 회복됐으며 유성검도 돌아왔다.

그리고 뒤이어서 휴대폰 지도에 스카이뷰가 떴는데 살펴보니까 야탑역 근처다.

그곳 어느 빌딩 위에 붉은 점이 반짝거리고 있으며, 빌딩은 '인중병원'을 가리키고 있다.

'역시 인중병원이로군.'

그저께 졸구팔이 말하기를 귀부들이 인중병원을 장악했다고 그랬었고, 그 후에 인중병원 앰뷸런스가 강도와 한아람이 탄 차를 들이받았었다.

그때 강도는 인중병원이 귀부의 수중에 떨어졌다는 사실을 확신했었는데 설마 귀부굴일 줄은 몰랐다.

'인중병원 지하라… 어둡고 음습한 거 좋아하는 마계놈들한테 딱이로군.'

강도는 복도로 나와서 철문을 닫고 이제는 익숙해진 귀부들의 초음파를 잡아내기 위해서 공력을 끌어 올렸다.

3초도 지나지 않아서 그는 가까운 곳에 귀부가 몇 놈 있는 것을 감지했다.

강도는 어느 문 앞에 멈춰 섰다.

'왜 이렇게 조용하지?'

문 안쪽에서 귀부 특유의 초음파 기척은 느껴지는데 뭘 하고 있는지 아주 고요했다.

짙은 선글라스에 산악용 윈드브레이커와 청바지, 가벼운 트레킹화를 신고 야구 모자를 눌러쓴 강도는 거침없이 문을 열고 안으로 성큼 들어갔다.

스르……

문 안쪽에 뭔가 특별한 광경이 펼쳐져 있을 것이라고 예상한 것은 아니지만, 강도는 지금 실내에서 벌어지고 있는 광경에 조금 실망스러운 표정을 지었다.

그 방은 꽤 넓었으며 왠지 감방과 병실을 합친 것 같은 분위기가 물씬 풍겼다.

방 전체에 가로 세로 몇 줄의 통로만 남겨둔 상태로 병원용 침대 20여 개가 빼곡하게 들어차 있었다.

그리고 간호사 복장을 한 여자 3명이 의료 기구가 실린 이동식 수레를 어느 침대 옆에 세우고는 환자에게 링거 같은 것을 놔주고 있는 풍경이다.

강도는 이곳이 여느 병실과 다를 바 없는 풍경이라서 그냥 몸을 돌려 나가려고 했다.

그런데 불현듯 이상한 생각이 들었다. 순식간에 든 생각이지만 의문이 4개나 돼서 그의 동작을 멈추게 했다.

여기는 지하 5층이다. 이런 곳에 영안실이 있다고 해도 이상한데 하물며 병실이 있다는 것이 이상했다.

그리고 이 방은 병실치고는 지나치게 크고 또 침대가 20개씩이나 있다.

병원에 자주 가보지는 않았지만 강도는 이렇게 큰 병실을 본 적이 없다.

그리고 침대에 누워 있는 환자들이 남녀가 뒤섞여 있다. 한 병실에 남녀를 수십 명이나 합방하는 병원이 있다는 것은 해외 토픽감이다.

그리고 마지막으로는 환자들이 하나같이 기절한 것처럼 일체 움직임이 없다는 사실이다.

그때 누가 들어오는 소리를 들었는지 3명의 간호사 중에 한 명이 강도를 쳐다보았다.

안경을 쓴 25살 정도의 평범한 여자 간호사가 강도를 보면서 딱딱한 표정으로 물었다.

"무슨 일인가요?"

여자 간호사가 또렷하게 인간의 말까지 구사하는 걸 보는 순간 강도는 방금 전까지 의심스러웠던 네 가지 사실이 순식간에 사라져 버렸다.

"아… 잘못 들어왔습니다."

강도는 몸을 돌려서 나가려고 하는데 그때 귀부가 내는 높은 파장의 초음파를 감지했다.

그에게 말을 한 간호사 한 명은 여전히 안경 너머 차가운 눈빛으로 그를 쳐다보고 있다.

그리고 다른 2명의 간호사가 침대에 누워 있는 여자 환자의 환자복을 벗기고 있는 중이다.

초음파는 그 2명의 간호사에게서 흘러나오고 있었다. 귀부가 틀림없다. 지금 그녀들은 서로 대화를 나누고 있는 중이다.

초음파를 감지한 강도는 저들 3명의 여자 간호사들이 귀부가 분명하다고 확신했다.

확신했으면 곧장 행동으로 옮기는 것이 강도의 성격이다.

승—

그는 간호사들의 반응을 보기 위해서 일부러 유성검을 느릿하게 뽑으며 다가갔다.

진짜 인간 간호사들이라면 기겁을 할 것이지만 귀부라면

어떤 액션을 취할 게 분명하다.

강도가 어깨의 유성검을 뽑으면서 큰 걸음으로 성큼성큼 걸어가자 간호사들은 조금 움찔했다.

그러더니 재빨리 의료 수레 쪽으로 몸을 굽혔다.

강도는 그녀들이 어떻게 하는지 조금 더 지켜보면서 천천히 걸어갔다.

의료 수레는 위에서부터 아래로 3칸인데 간호사들은 맨 아래 칸에서 잘 개어져 있는 수건을 하나씩 꺼내면서 몸을 일으켰다.

강도는 그 수건 속에 무언가 무기가 감춰져 있을 것이라고 짐작했으며 그 짐작은 다음 순간에 정확하게 들어맞았다.

3명의 여자 간호사는 일제히 수건 속에서 뭔가를 꺼내 강도에게 던졌다.

쉬리링—

그것은 손바닥 크기의 납작한 원반 같은 무기인데 5m라는 짧은 거리에 있는 강도에게 날아오는 도중에 갑자기 3배 이상 커졌다.

그러나 강도의 모습이 그 자리에서 씻은 듯이 사라지고 원반은 허공을 갈랐다.

눈앞에서 강도를 잃어버린 간호사들은 당황해서 재빨리 두리번거렸다.

파앗!

그 순간 어디선가 번쩍 쏘아온 흐릿한 빛에 의해서 3명의 간호사 모두의 목이 뎅겅 잘라졌다.

강도는 간호사들 머리 위에 떠 있다가 순간적으로 공간 이동을 하는 것처럼 바닥에 사뿐히 내려섰다.

투두둑…….

그제야 간호사들 목 위에서 머리가 떨어져 바닥에 굴렀다.

강도가 간호사들의 머리 위에 떠 있는 상태에서 검초식을 전개했다면 각도로 봤을 때 정수리만을 벨 수 있어야 하는데도 그는 아무렇지도 않게 목을 잘랐다.

검초식이 직선으로 발출된다는 것은 상식이다.

하지만 강도의 초절십검은 인간의 상식을 우습게 여기는 초상승검법이다.

그것들 중에는 곡선으로 구부러지는 특성을 지닌 검초식이 하나 있다.

그걸 전개하면 아예 반원을 그려서 바위나 벽 같은 엄폐물 뒤에 숨은 적마저도 죽일 수 있다.

아니, 강도의 능력이라면 구태여 그럴 필요가 없다. 바위나 벽 그리고 적을 통째로 잘라 버리면 될 테니까 말이다.

스으…….

바닥에 내려선 강도가 왼손을 뻗자 간호사의 머리 하나가 그의 손에 빨려 들었다.

20대 초반의 나이로 보이는 앳된 간호사는 눈을 동그랗게 뜨고 있는데 '왜 날 죽였어요?' 하고 원망하는 눈동자를 하고 있다.

그런데 강도가 여태까지 봐온 눈이 온통 까만 귀부하고는 다른 눈이다.

모자를 벗기니까 그 안에 귀부의 촉각이 감춰져 있었다.

"이게 자료에서 본 귀부 여자 귀매(鬼妹)였군."

그는 중얼거리면서 간호사의 머리를 내던지고 의료 수레를 살펴보았다.

간호사, 아니, 귀매들은 조금 전에 의료 수레 옆 침대에 누워 있는 젊은 여자 환자의 환자복을 벗겼었다.

여자 환자 옆에는 그녀에게 찌르려던 피를 뽑을 때 사용하는 채혈 주사기 같은 것 3개가 놓여 있다.

그리고 주사기들 끝에는 가느다랗고 투명하며 긴 관이 연결되었으며 3개의 관은 중간에서 하나로 합쳐졌다.

그리고 관의 끝은 의료 수레에 있는 300cc 정도 크기의 투명한 유리병으로 이어졌다.

그 안에는 옅은 분홍색의 액체가 절반쯤 담겨 있었다.

유리병을 손에 쥐고 자세히 살펴보던 강도의 머리를 스치는 것이 있다.

'혹시 이게 정혈인가?'

그는 귀매들이 간호사로 변신하여 인증병원에 입원한 환자들을 이곳 지하 5층으로 옮겨서 은밀하게 정혈을 채취해 왔었다는 사실을 알게 되었다.

인중병원 같은 대형 종합병원에는 수천 명의 환자가 입원해 있을 것이다.

그런데 이런 식이라면 아주 손쉽게 인간의 정혈을 대량으로 채취할 수 있을 것이다.

'그렇다면 마계는 병원을 장악하는 것을 우선순위에 두었을 것이다.'

강도는 관을 뽑고 유리병을 들어서 자세히 살펴보다가 뚜껑을 닫고 안주머니에 넣었다.

이어서 환자복 상의가 양쪽으로 젖혀져서 유방을 드러내고 바지와 팬티가 무릎까지 내려져 있는 젊은 여자 환자의 몸을 구석구석 살펴보았다.

귀매들이 여자 환자의 어느 부위에 채혈 바늘을 찌르려고 했는지 알아보려는 것이다.

강도의 생각으로는 여자 환자의 은밀한 부위나 허벅지, 무릎은 아닐 것 같았다.

그런 부위에서 정혈을 채취하지는 않을 것이다.

'정혈을 어디에서 뽑는 건가?'

그는 여자 환자의 옷을 제대로 입혀주고 그 옆 침대의 다른 여자 환자 가슴 한복판 흉골과 갈비뼈 아래 늑골, 골반에 반창고가 붙어 있는 것을 보았다.

반창고를 떼니까 피가 몇 방울 굳어 있는 바늘 자국이 발견

됐다. 아마도 그 부위에서 정혈을 채취한 것 같았다.

그가 다른 환자들을 대충 살펴보니까 마취를 했는지 모두들 깊은 잠에 빠져 있었다.

그런데 아무리 봐도 여기에 있는 환자들은 아픈 사람 같지 않고 모두 건강해 보였다.

'혹시 환자가 아니라 멀쩡한 사람들을 납치해 온 것 아냐?'

다시 잘 살펴보니까 이 방에 누워 있는 남녀들은 전부 20대의 젊은 사람들뿐이다.

'이들은 인중병원에 입원한 환자가 아니다. 건강한 사람들만 골라서 납치해 온 게 분명하다.'

그는 방을 나가려다가 조금 전에 귀매들이 공격했던 무기가 문과 벽에 꽂혀 있는 걸 보고 그중에 하나를 빼서 자세히 살펴보았다.

그것은 두 자루 칼이 십자로 가로질러 있는 모양이다.

십자 4개가 모두 칼날이고, 복판 둥근 구멍에 손을 껴서 엄지손가락을 얹고 또 누를 수 있는 장치가 있었다.

강도가 가운데 구멍에 네 손가락을 넣고 엄지손가락으로 장치를 누르니까 40㎝였던 칼날의 길이가 순식간에 15㎝로 줄어들었다.

찰칵!

한 번 더 누르니까 십자였던 칼날이 포개지면서 일자가 되고 칼날이 두 개인 하나의 칼이 되었다.

한 번 더 누르자 다시 처음처럼 40㎝ 길이의 십자 모양의 칼로 변했다.

그걸 던지면 원반처럼 날아가면서 적의 몸통을 자를 것이다.

'쓸 만하군.'

그가 속으로 중얼거리고 있을 때 문밖에서 어수선한 소리가 들렸다.

무질서하고, 숨소리가 헐떡거리며, 조심성이 없는 걸 보면 확인해 보지 않아도 졸구조의 오합지졸 졸전사들이 도착한 게 분명하다.

덜컹!

역시나 전혀 조심하지 않고 문이 열리면서 졸전사들이 우르르 쏟아져 들어왔다.

그러다가 신임 조장을 발견하고는 집 나간 아버지를 다시 만난 자식들처럼 반가워서 떠들어댔다.

"조장! 여기 계셨군요!"

"야아! 한참 찾았습니다! 하하!"

"조장이 남긴 노부를 보고 여길 찾아왔습니다! 졸구십이 노부를 알더라구요."

졸구이가 자기가 한 것도 아니면서 경험과 나이가 많은 졸구십의 어깨를 두드리며 떠들었다.

강도는 그들이 들어설 때 이미 재빨리 졸구조 전원의 주위에 투명한 보호막을 설치했다.

그들이 아무리 악을 써도 보호막 밖에서는 전혀 들리지 않을 것이다.

하지만 철모르는 그들은 그런 사실을 까맣게 모르고 유치원 아이들처럼 떠들어댔다.

강도는 딱 두 마디만 했다.

"지금부터 입 벙긋하는 놈은 내 손에 죽는다."

이어서 그는 문밖으로 나갔다.

"전투다. 각 팀끼리 움직여라."

확인해 보니까 복도에는 귀부와 귀매들의 기숙사와 휴게실 4개가 죽 이어져 있었다.

강도는 조원들을 일체 돕지 않고 그들이 귀부, 귀매들과 대가리 터지게 싸우도록 내버려 두었다.

그는 졸구조의 조장으로서 조원들을 귀부굴까지 친절하게 안내해 주었다.

게다가 문만 열면 자거나 휴식을 취하고 있는 귀부, 귀매들이 수두룩할 텐데 그저 죽이면 된다. 한마디로 밥상 다 차려 준 것이다.

세상 천지에 이렇게 잘하는 조장은 어디에도 없다. 그걸 모르는 놈이라면 죽어도 싸다.

강도는 자신을 비롯한 4개 팀이 귀부, 귀매의 기숙사인지 휴게실인지 모를 방 4개를 각각 하나씩 덮치기로 했다.

그리고 졸구삼 팀과 또 한 팀 6명더러 밖에서 대기하고 있다가 밖으로 도망쳐 나오는 놈들을 가차 없이 죽이라고 지시했다.

강도와 한아람, 전임 조장 졸구팔 염정환 제1팀이 첫 번째 방문 앞에 섰다.

두 번째 방 앞에 졸구이의 제2팀 순서로 4개 팀이 각자의 무기를 꼬나 쥔 채 방 앞에 서 있다.

모두의 얼굴에 긴장과 흥분이 범벅되어 떠올랐다.

매지봉 같은 곳에서 소수의 귀부를 상대로 전투를 해봤었지만 이런 식으로 귀부굴을 습격하는 일은 처음이라서 다들 극도로 긴장하고 또 흥분한 상태다.

강도는 모두에게 고개를 끄떡인 후에 방문을 열고 불쑥 안으로 들어가면서 그곳에 있는 귀부, 귀매들에게 미소로 인사를 했다.

"헬로우."

졸구조는 지하 5층에 있는 귀부굴을 5분 만에 쑥대밭, 아니, 공동묘지로 만들어 버렸다.

그곳에서 죽인 귀부와 귀매는 54명, 생포 한 명이다.

강도가 매지봉 움막 아래 콘크리트 공간에서 죽인 8명을 합하면 63명.

맹에서 보낸 자료에 의하면, 매지봉 귀부굴에 총 76명이 있다고 했으니까 앞으로 13명을 더 죽이면 귀부굴은 완전 소탕이다.

졸구조 18명은 가벼운 부상을 입은 사람이 3명이지만 후송될 정도는 아니다.

남아 있는 귀부 13명의 행방을 알아내기 위해서 강도는 생포한 한 명을 고문하기로 했다.

죽이지 않고 살려둔 것은 귀매다. 아무래도 남자보다는 여자가 고문에 약할 것 같아서다.

졸구조 졸전사 중에서 귀부나 귀매를 고문해 본 사람이 아무도 없으며 물론 강도도 처음이다.

그래서 강도가 나섰다.

그는 무림에서 수만 번 싸우는 과정에 적을 고문하기를 밥 먹듯이 했다.

그래서 마족이 지각이나 이성을 지니고 있다면, 사람을 고문하는 것이나 귀매 고문하는 거나 별반 다르지 않을 거라고 생각했다.

일단 생포한 귀매를 빈 방으로 데리고 들어갔다.

원래 고문은 여러 명이 있는 곳에서 하는 게 아니다.

그러면 고문을 받는 쪽의 정신이 산만해지고 버티기로 나가게 된다.

일대일로 고문하는 건 고문의 기본이다.

귀매를 빈 방으로 끌고 들어가면서 강도는 이미 그녀를 어떻게 고문해야 할지 두 가지 방법을 생각해 냈다.

하나는 정공법이고 또 하나는 회유법이다.

먼저 회유법을 써보기로 했다.

이 방은 귀부, 귀매들의 휴게실인데 방 안 바닥에는 목이 잘라진 귀부, 귀매 시체와 대갈통들이 어지럽게 널려 있다.

걷다 보면 발에 채여서 이리저리 굴러다닌다. 정신 사나운 곳이라서 고문하기는 안성맞춤이다.

강도는 공포심을 조성하기 위해서 고문 장소로 일부러 이곳을 선택했다.

사실 고문보다는 회유가 좋다.

고문을 하면 힘이 들 뿐만 아니라 최소한의 것만 알아낼 수 있을 뿐이다.

즉, 힘은 드는데 얻어내는 것은 적다.

그에 반해서, 회유는 일단 성공하기만 하면 자발적으로 묻지 않는 것까지도 술술 다 토해내게 마련이다.

강도는 인중병원 사무직원 제복을 입고 있는 아담하고 귀여운 귀매를 의자에 앉히고 혈도를 풀어주었다.

혈도가 풀렸다고 날뛰어봐야 절대신군 앞에 한낱 귀매일 뿐이다.

이 귀매는 머리에 깜찍하고 작은 여사무원용 모자를 서서 촉각을 감추었다.

또한 인간처럼 눈에 눈동자와 흰자위도 있으며 긴 속눈썹까지 있다.

그렇다면 아마도 분명히 인간의 말도 할 줄 알 것이다.

강도는 그게 제일 궁금했다. 어떻게 해서 귀매가 인간의 모습을 하고 있으며 인간의 말을 하는지.

강도는 귀매 맞은편 의자에 앉아서 선글라스를 벗으면서 부드럽게 말했다.

"너 이름이 뭐냐?"

"……."

회유책을 쓸 때 짙은 선글라스를 쓰고 있으면 상대에게 강한 위화감을 준다.

그렇지 않아도 잔뜩 겁먹은 귀매는 몸을 사린 채 빤히 강도를 바라보다가 움찔 몸을 가볍게 떨었다.

강도는 온화하게 미소 지었다.

"무서워하지 마라. 이름이 뭐지?"

"다카……."

"이름이 다카니?"

귀매는 고개를 끄떡였다.

"네……."

"몇 살이지?"

"5살이에요."

"어……."

귀매 다카의 대답에 강도는 멍해졌다.

설마 그녀가 5살일 줄은 예상하지 못했다.

그렇다고 그녀가 거짓말을 하는 거라는 생각은 들지 않았다.

"너희 귀매, 아니, 마족 수명이 얼마나 되는 거냐?"

"20살……."

이건 전혀 뜻밖이다.

"아아……."

그런데 귀매 다카가 갑자기 몸을 세차게 떨면서 몹시 괴로운 듯한 신음 소리를 냈다.

'애가 갑자기 왜 이러는… 아!'

강도는 눈살을 찌푸리며 고개를 갸웃거리다가 뭔가를 깨닫고 소리를 지를 뻔했다.

'내 수낵에 걸린 거야. 이런, 젠장!'

덜 무섭게 하려고 선글라스를 벗은 건데 아무래도 다카가 강도 눈을 바라보다가 수낵에 걸린 것 같다. 아니, 수낵에 걸린 게 분명하다.

이건 쇼킹한 일이다. 설마 마계의 귀매가 수낵에 걸릴 줄은 몰랐다.

그렇다면 수낵은 다 통한다는 뜻이다.

어쨌든 강도는 수낵에 걸린 다카에게서 원하는 정보들을

아주 쉽게 알아냈다.

다카는 강도 무릎에 앉아서 그가 묻는 것들을 자기가 알고 있는 한 다 얘기해 주었다.

강도가 해준 일이라곤 정보를 얻는 동안 다카의 몸을 이리 저리 어루만져 준 게 전부다.

다카의 속살을 만진 게 조금 께름칙하지만 말이다.

귀매는 눈하고 정수리에 촉각이 달린 것 말고는 인간하고 똑같았다.

그러고는 강도는 다카를 방에 놔둔 채 밖에서 문을 잠갔다.

수낵에 걸린 여자는 원인 제공자인 강도하고 섹스를 해야지만 목숨을 건진다지만, 강도는 인간이 아닌 귀매하고 섹스를 할 생각은 눈곱만큼도 없다.

요계 5위 카펨부아하고 그 짓을 했던 거는 강도의 자의가 아니었다

순전히 그년한테 당한 거였다.

아마도 그 일은 강도 가슴에 죽을 때까지 가장 아픈 기억 으로 남아 있을 것이다.

강도는 한아람과 염정환만 데리고 엘리베이터를 타고 원장 실과 이사장실이 있는 25층으로 곧장 올라갔다.

부조장 졸구이는 전체 조원을 이끌고 인중병원 일 층에서

부터, 그리고 부속 건물에서 작전을 펼쳤다.

귀매 다카는 이곳 귀부굴에 있는 나머지 13명의 행방에 대해서 말해주었다.

놀랍게도 그들 대부분은 인중병원에서 중요한 자리에 앉아 있는 간부들이었다.

어떻게 마계의 귀부와 귀매가 인간하고 똑같이 행동할 수 있느냐에 대한 대답도 다카가 해주었다.

정확한 것은 아니지만 강도의 궁금증을 풀어주기에는 충분했다.

마계의 마족들이 인간에게서 채취한 정혈을 주사하면 인간하고 똑같아진다는 것이다.

그러니까 마계가 인간의 정혈을 새로운 먹이로 삼았다는 것은 잘못 알려진 사실이다.

진실은 마족이 인간으로 둔갑하기 위해서 정혈을 복용하고 있다는 것이다.

마계가 인간을 사냥해야만 하는 이유가 뚜렷해졌다.

다카는 13명 중에서 9명에 대해서만 알고 4명의 지위나 행방에 대해서는 모르고 있었다.

그리고 그 4명이 이곳 귀부굴의 우두머리인 2명의 소대장과 2명의 부소대장이라고 했다.

강도의 수뇌에 걸린 다카가 거짓말을 했을 리 없다.

강도는 졸구이가 이끄는 15명의 졸구조 졸전사들의 전력이라면 현재 남아 있는 9명의 귀부, 귀매의 목을 자르고도 남을 거라고 생각했다.

설마 그것도 못해낸다면 나가서 죽어야 할 것이다.

땡~

엘리베이터가 25층에 멈추고 강도와 한아람, 염정환이 차례로 내렸다.

줄곧 뭔가를 해야 한다고 생각하고 있던 염정환이 달려 나가서 앞장섰다.

사실 염정환은 지금 속으로 무지하게 경악하고 있는 중이다.

그는 강도하고 같은 제1팀이므로 뒤따라 다니면서 그가 어떻게 행동하는지 똑똑히 봤다.

그가 보기에 강도는 일개 조장 따위의 지위에 있을 인물이 아니었다.

무공이면 무공, 지도력과 통찰력이 가히 발군이었다.

추호도 막힘없이 빠른 급류가 흐르듯 작전을 전개하는 모습은 염정환이 백번 죽었다가 깨어난다고 해도 흉내조차 내지 못할 것 같았다.

더구나 염정환은 지금까지 매지봉 전투에 8번이나 참가하고서도 귀부굴은커녕 귀부 촉각을 자른 것이 전부 합쳐서 8개 남짓이었다.

그런데 강도는 조장으로 승진한 바로 오늘 단번에 귀부굴을 찾아내고 귀부와 귀매 2개 소대 76명을 거의 다 소탕하기 직전에 있다.

그래서 염정환은 위기를 느낀 것이 아니라 지금이 자신에게 찾아온 일생일대의 기회라고 판단했다.

새로운 신임 조장 옆에만 잘 붙어 있으면 팔자 피는 건 시간문제라는 생각이다.

때를 아는 사람이 영웅이라고 했다. 염정환은 때를 잘 알고 있었다.

염정환이 어느 방 앞에 서서 강도를 쳐다보았다.

원장실이다. 그 옆이 이사장실인데 나란히 붙어 있다.

[골라라.]

강도는 염정환 옆에 서서 전음으로 말했다.

귀에 꽂고 있는 전음폰은 육성으로 말해야 하기 때문에 방 안에 들릴 수가 있다.

염정환은 원장실과 이사장실을 3명이 한꺼번에 하나씩 기습하는 게 아니라 각자 따로 동시에 기습한다는 사실을 깨닫고 조금 당황했다.

지금 강도는 이곳 귀부굴의 우두머리인 2명의 소대장을 찾고 있다.

여기 원장실과 이사장실에 소대장이 한 명씩 있을 확률이 아주 크다.

솔직히 염정환은 귀부 소대장과 일대일로 싸워서 이길 자신이 없다.

그렇지만 염정환이 여기에서 꼬리를 내리면 신임 조장 눈밖에 나고 만다.

그걸로 끝이다. 신임 조장을 겪어본 건 몇 시간 안 되지만 저 인간은 눈 밖에 난 조원은 가차 없이 내버리고도 남을 성격이다.

"여… 여기."

말을 하지 말아야 하는데도 염정환은 너무 긴장한 나머지 이사장실을 가리키면서 더듬거렸다.

강도는 고개를 끄떡이면서 한아람과 같이 들어가라는 손짓을 해보였다.

한아람이 강도를 보면서 '어떻게 저를 떼어낼 수가 있죠?'라는 표정을 지었지만 그는 모른 체하고 원장실 문을 벌컥 열고 들어갔다.

쿵!

강도는 들어서자마자 등 뒤로 문을 닫으며 재빨리 실내를 훑어보았다.

세련된 옷차림의 여비서가 벽 앞에 서서 뭔가를 하고 있으며 약간 떨어진 곳에 젊은 정장의 사내가 앉아 있다가 둘 다 강도를 돌아보았다.

"무슨 일이십니까?"

사내가 일어서면서 물었다.

"원장 있소?"

무림에서 쓰던 말투가 튀어나왔다.

현 세계에서는 이랬소 저랬소 하는 말투는 노인네나 쓴다.

"계십니다만… 무슨 일로 그러시죠?"

"그대는 누구요?"

'그대'라는 말도 노래 가사에나 나오는 호칭이다.

여자는 그대로 서 있고 사내가 일어서면서 상체를 숙여 책상 아래에서 뭔가를 집으려고 했다.

삭—

강도가 유성검을 뽑지도 않고 아무런 움직임도 취하지 않았는데 일어서려던 사내의 목이 뎅겅 잘라졌다.

강도가 무형강기를 발출한 것이다.

동료의 목이 순식간에 잘라지는 걸 보고 여자가 소스라치게 놀라 눈을 커다랗게 떴다.

강도가 그녀를 보며 태연하게 물었다.

"넌 누구냐?"

이들이 귀부나 귀매일 것이라고 판단한 강도의 입에서 반말이 튀어 나갔다.

"비서예요. 무슨 일이신지… 아…….."

늘씬한 여비서는 말을 하다가 강도가 발출한 무형지기에 혈도가 제압되어 그대로 굳어버렸다.

스윽······.

그런데 여비서가 손에 쥐고 있던 병 같은 것이 아래로 떨어지다가 방향을 꺾어 강도에게 날아갔다.

강도가 접인신공으로 병을 끌어당겨서 손에 잡고 살펴보니 아까 지하 5층에서 귀매 간호사들이 환자들에게서 채취한 정혈이 담긴 것과 같은 모양의 병이다.

강도는 여비서가 서 있는 뒤쪽의 벽을 쳐다보았다.

그곳은 하나의 금고인데 안에는 강도의 손에 쥐어져 있는 병과 같은 모양의 병들이 수북하게 들어 있었다.

말하자면 저 금고는 인중병원에서 채취한 정혈을 보관하는 장소였다.

여비서가 정혈이 든 병을 만지고 있다면 귀매가 분명하다.

"너 귀매냐?"

"인간들이 멋대로 우릴 그렇게 부르는 거예요."

사내가 영문도 모른 채 목이 잘라지는 것을 목격한 여비서는 겁에 질려서 손을 내밀었다.

"그거 이리 주세요."

여비서의 혈도가 풀렸다.

강도가 특수한 점혈 수법이 아닌 평범한 지풍을 사용하기도 했지만, 여비서가 일반 귀매보다 세기 때문에 혈도가 저절로 풀린 것이다.

강도는 병을 야구공처럼 공중으로 툭툭 던져서 받기를 반복하면서 물었다.

"그럼 니들은 니들을 뭐라고 부르냐?"

"우리는 우리를… 라고 불러요."

여비서는 '우리를'이라고 말한 다음에 입을 벙긋거리면서 초음파를 잠깐 표출하고는 쓰게 웃었다.

"물론 당신들 인간의 귀에는 들리지 않겠지만."

강도가 태연하게 말했다.

"들은 그대로 표현하면… 같은데 맞느냐?"

그러면서 그는 아무렇지 않게 공력을 사용하여 방금 여비서가 발출한 초음파를 똑같이 표출했다.

"당신……."

여비서가 눈을 동그랗게 뜨면서 놀랐다. 그녀는 무척 아름다운 눈을 갖고 있었다.

여비서는 설마 하는 표정을 지으면서 강도에게 마구 초음파를 보냈다.

"내가 방금 뭐라고 그랬죠?"

"몰라. 하지만 이렇게 말했냐?"

그러면서 강도는 기억하고 있는 대로 공력을 발휘해서 초음파를 발사했다.

"아아……."

여비서는 놀라서 눈을 휘둥그렇게 떴다.

그녀는 마족의 언어로, 그것도 초음파로 말하는 인간을 처음 보았다. 이 사실을 다른 마족들에게 말하면 아무도 믿지 않을 것이다.

강도는 여비서에게 흥미를 느꼈다.

"방금 너는 너희를 뭐라 부른다고 했느냐?"

강도 이상으로 여비서는 그에게 강렬한 흥미를 느꼈다.

"인간의 말로 번역하면 '에렉투스'예요."

"에렉투스……."

강도는 '에렉투스'라는 말을 어디선가 들어본 것도 같고 아닌 것도 같았다.

척!

그때 안쪽의 문이 열리며 40대 중반에 정장을 입고 중절모를 쓴 미끈한 남자가 나왔다.

"우린 너희 인간과 같은 조상을 갖고 있다."

강도는 이맛살을 찌푸렸다.

"너는 누구냐?"

"내가 원장이다."

남자는 자신을 원장이라고 소개하더니 빙그레 미소 지으며 강도에게 손을 내밀었다.

"그거 이리 내놔라. 한 병에 10억짜리다."

강도는 어이없는 표정으로 병을 들어 올려 쳐다보았다.

"그걸 인간이 복용하면 능력이 엄청 증대되고 늙지 않는 정도지만 우리에겐 생명수다."

"이걸 인간이 복용한다고?"

방금 사내는 인간이 정혈을 복용하면 능력이 엄청 증대되고 늙지 않는다고 그랬다.

원장은 귀찮다는 듯 손을 저었다.

"어차피 너는 이해하지 못할 거다. 어서 그거 내놔라."

강도는 정혈병을 책상에 잠시 내려놓고 여비서와 원장에게 양팔을 뻗었다.

휘익!

"앗!"

"어헛!"

접인신공에 의해 여비서와 원장이 총알처럼 빠른 속도로 날아와서 목이 강도의 커다란 손에 잡혔다.

"끄으으……."

키가 큰 강도가 양손을 허공으로 쳐들자 여비서와 원장은 몸부림을 치며 버둥거렸다.

강도는 손에 약간 힘을 뺐다.

"누가 귀부 소대장이냐?"

대답하라고 손에 힘을 뺐더니 여비서가 허리춤에서 무언가를 뽑으면서 휘둘렀다.

씨잉―

허리띠처럼 사용하던 연검이다. 종잇장만큼 얇기 때문에 뱀처럼 구불거리며 빠르게 강도를 베어왔다.

강도는 여비서를 그대로 집어던졌다.

"네가 소대장이로구나."

"끽!"

약간의 공력을 주입했더니 여비서의 목이 뚝 잘라지면서 머리와 몸뚱이가 분리되어 날아갔다.

그러고는 벽에 부딪쳤다가 바닥에 패대기쳐졌다.

연검은 강도의 몸에 닿지도 않았다. 하긴 닿아봤자 호신강기를 뚫지도 못한다.

"이제 보니 마계가 인중병원을 통째로 장악하고 있었군."

마계의 마족이 인중병원 요소요소에 침투하여 경영진을 조종하는 게 아니라 병원의 최고위 원장이 마족이었다.

강도는 왼손으로 잡고 있던 원장의 목을 놓는 것과 동시에 유성검을 뽑았다.

축―

"큭……"

원장이 허공에 떠 있는 시간은 찰나에 불과했다. 유성검이 이마를 관통했다.

유성검이 이마를 뚫고 뒤통수로 나왔으나 원장은 죽지 않았다. 다만 공중에 대롱대롱 매달려 있을 뿐이다.

"너 귀부냐?"

마계를 이루고 있는 족속이 마족이다. 그중에서 전투원을 마군이라 하고 총 8계급이 있다는데 최하위가 귀부라고 강도는 알고 있다.

원장은 너무 아픈지 말을 하지 않고 초음파를 발산했다.

"알아듣게 말로 해라."

강도가 손가락을 퉁겨서 지풍으로 원장이 쓰고 있는 중절모를 날려 버리자 촉각이 발딱 일어섰다.

그리고 다시 한 번 지풍을 날려 촉각을 두드리자 원장이 죽는다고 비명을 지르는데 그 역시 초음파다.

강도가 다시 한 번 촉각에 지풍을 날리려고 손가락을 구부리는 걸 보고 원장이 찢어지는 외침을 터뜨렸다.

"그만해라! 뭐든지 말하겠다!"

탁!

강도는 검 중간쯤에 원장을 매단 상태에서 유성검을 벽에 꽂고 손을 놓았다.

그는 아까 여비서가 서 있던 벽의 금고로 걸어갔다.

"너희들 정혈을 인간에게도 파는 거냐?"

유성검이 이마를 관통하여 벽에 매달린 원장의 두 발은 바닥에서 30cm쯤 떠 있다.

그는 두 팔을 마구 허우적거려 보지만 유성검 손잡이에 닿으려면 멀었다.

아무리 발버둥을 쳐도 지금 상황에서 벗어날 수 없다고 판단한 그는 자포자기했다.

"으으… 우리도 복용하고 인간에게도 판다……."

"어째서 인간에게 파는 거지?"

"도… 돈을 벌기 위해서다……. 인간 세계에서 살려면 돈이 필요하기 때문에……."

강도는 금고에 차곡차곡 쌓여 있는 투명한 병을 여비서의 책상으로 모두 꺼내놓았다.

"정혈이 마족에겐 어떤 효능이 있고 인간에겐 무슨 효능이 있는 거냐?"

원장은 참담한 표정을 지었다.

"우리 마족이 복용하면 인간처럼 변할 수 있고 수명이 연장된다."

"흠. 어떻게? 그리고 얼마나?"

"신체가 인간으로 변모해서 지상 생활이 가능해진다. 그리고 한 번 복용에 5년씩 수명이 연장된다."

강도는 병 하나를 들어 보였다.

"이거 한 병에 마족 한 명의 수명이 5년이나 연장된다 그거로군."

"5cc다……."

"5cc라구?"

"1cc에 수명 1년 연장이다……. 한 번에 최대 5cc까지 주사할 수 있다."

"이거 한 병이 몇 cc냐?"

"300cc……."

"그럼 한 병에 수명이 300년 연장된다는 거냐?"

"한 번 주사에 5cc를 초과하면 누구라도 견디지 못하고 죽는다……"

"한 번 주사한 후에 얼마나 있다가 또 맞느냐?"

"한 달이다."

"너는 얼마나 맞았지?"

"150cc……"

"훗, 원장이라는 지위를 잘 이용했구나."

강도는 두리번거리다가 캐비닛에서 보스턴백 하나를 찾아내서 거기에 정혈병을 주섬주섬 담았다.

"인간이 이걸 복용하면 능력이 증대되고 늙지 않는다고 그랬느냐?"

"인간에 대해서는 잘 모른다. 그저 지니고 있는 능력이 증대되고 불로장생한다는 정도로 알고 있다."

"인간은 몇 cc냐?"

"인간도 똑같이 5cc 이상 주사하면 죽는다."

까락……

강도는 50병째 마지막 병의 마개를 땄다.

"너……"

그가 마개를 딴 정혈병을 음료수처럼 마시려는 듯이 입으로 가져가자 원장은 어이없는 표정을 지었다.

그러나 원장은 아무 말도 하지 않았다. 단지 표정으로 '그래. 그거 다 마시고 뒈져라'고 이죽거렸다.

꿀꺽… 꿀꺽… 꿀꺽…….

강도는 정말 300cc 정혈 한 병을 숨도 쉬지 않고 단숨에 다 마셔 버렸다.

'저 미친 놈, 정말 마시고 있어…….'

원장은 질린 듯한 표정을 지으면서도 곧 강도가 거꾸러질 것이라고 굳게 믿었다.

"꺼억!"

하지만 그의 기대하고는 달리 강도는 냅다 트림을 하고 나서는 원장에게 다가왔다.

그는 목이 잘려서 죽어 있는 여비서와 처음에 죽인 사내를 턱으로 가리켰다.

"그러니까 쟤하고 쟤, 그리고 너 셋이서 인중병원을 지휘하는 소대장하고 부소대장인 거냐?"

원장은 잠시 후, 강도가 죽을 것이라 믿고 속으로 카운트다운을 시작했다.

"우리에 대한 호칭은 너희 인간들이 제멋대로 갖다 붙인 것이다."

목이 잘라져야지만 죽는 원장은 유성검에 이마가 관통된 고통이 차츰 사라지는 것을 느꼈다.

강도는 히죽 웃었다.

"너희 마족의 호칭이라는 것이 죄다 박쥐 새끼처럼 초음파로 끽끽거리는 것뿐이니까 인간의 언어로 바꿔서 부를 수밖에 없잖느냐? 그래서 넌 뭐냐?"

"인간들은 나를 빙악(氷惡)이라고 부른다."

"빙악이 귀부 위냐?"

"그렇다. 빙악 한 명은 귀부 3개 소대를 거느린다."

"중대장이로군?"

"인간의 계산으로는 그렇다."

강도는 고개를 갸웃거렸다.

"빙악 촉각은 얼마인지 모르겠군."

츠읏—

"끅……."

강도는 유성검을 뽑는 것과 동시에 원장, 아니, 빙악의 목을 잘랐다.

정혈 150cc를 주사하고 150년 동안 장수하려던 빙악의 꿈이 무너졌다.

제8장
소유빈이 돌아왔다

 강도가 정혈을 300cc나 마셔 버린 데에는 사실 그럴 만한 이유가 있다.

 그것은 일종이 도 아니면 무 식의 강도다운 모험이다.

 인중병원의 가짜 원장 빙악은 정혈이 인간의 능력을 증대시키고 늙지 않는 효능이 있다고 말했다.

 강도는 늙지 않는 것에는 별 관심이 없지만 능력이 증대된다는 말에 귀가 솔깃했다.

 현재 강도는 맹에서 전공을 펼쳐야지만 그 범위 안에서 무공을 사용할 수가 있는 형편이다.

 자신의 무공인데 어째서 맹이 관리를 하는 것인지 그 사실이 강도는 매우 불쾌했다. 아니, 불쾌함을 넘어서 배알이 뒤틀렸다. 그래서는 한낱 맹의 꼭두각시나 다름이 없다.

그래 놓고서 귀부 촉각 하나를 자르면 100만 원을 주겠다느니 뭐니 인심을 쓰는 체하는 건 맹이 지들 꼴리는 대로 하려는 수작이다.

그렇다고 맹에는 노조 같은 게 없으니까 투쟁을 할 수도 없는 노릇이다. 아직 맹에 대해서 제대로 모르고 있는 상황에서 맹을 상대로 싸우는 것은 무리다.

여의도 직장 스페셜솔저에 출근하다가 만났던 무당파 현풍진인의 대제자라는 배불뚝이가 강도더러 도맹에 오라고 했지만 그건 고려해 본 적도 없다.

강도는 오늘 절호의 기회를 잡았다.

복용한 정혈 300cc를 운공조식으로 체내에 안전하게 보관한 후에 집에 돌아가서 야금야금 꺼내서 운공조식을 해볼 계획이다. 그러면 죽이 되든지 밥이 되든지 뭔가 될 것이다.

그의 체내에 잠재되어 있을 것이라고 믿는 무공을 일깨울 수만 있다면 무슨 짓이라도 할 각오다.

정혈 300cc를 마셨다고 죽는다는 생각은 하지 않는다. 강도는 자신이 쉽사리 죽을 운명이 아니라고 믿었다.

강도가 원장실에서 한 차례 운공조식을 하고 나서 커다란 대형 창을 통해 저 아래 야탑을 내려다보고 있을 때 문이 열리고 한아람과 염정환이 들어왔다.

"보스, 소대장 한 놈하고 귀매 둘을 죽였어요. 이사장이 귀부 소대장이었어요."

한아람은 의기양양했다.

"하하하! 제가 귀매 한 년을 죽였어요. 어찌나 드세던지……."

세상에 태어나서 처음으로 살아 있는 생명체, 그것도 사람과 흡사한 데다 여자인 귀매를 죽인 한아람은 겁이 나면서도 자신이 너무도 대견스러웠다.

"졸구십이가 도와줘서 소대장을 죽일 수 있었습니다."

염정환이 어울리지 않게 겸손을 떨었다.

"그러니까 소대장 촉각은 졸구십이 몫으로 줘도 됩니다."

"알았다."

강도가 고개를 끄떡이자 염정환은 마치 순교자처럼 성스러운 표정을 지었다.

졸구조 18명이 모두 원장실에 모였다.

졸구조의 오늘 작전은 완전 성공이다.

분당 제7지역 야탑동 귀부굴은 매지봉이 아니라 인중병원에 있었다. 그걸 깨끗하게 소탕한 것이다. 귀부, 귀매 75명 사살, 귀매 한 명 생포, 중대장급 빙악 한 명 사살.

강도는 이대로 인중병원을 떠나는 것은 현명한 방법이 아닐 거라고 생각했다. 이 상황에서 마계가 치고 들어오면 인중병원은 또다시 귀부굴이 되고 말 것이기 때문이다.

강도는 마사를 호출했다.

"지금 이리 와라."

졸당공계를 마음대로 사용할 수 있는 마사는 강도가 호출한 지 30초 만에 원장실에 나타났다.

쓰우우…….

마사가 모습을 드러내자 강도를 제외한 졸전사 17명은 바짝 긴장했다. 졸당 메신저 ma4는 전체 졸전사들에게 저승사자 같은 존재이기 때문이다.

늘씬한 마사는 넓은 원장실 한복판에 서서 천천히 실내를 둘러보았다. 마사와 시선이 마주친 졸전사들은 자신도 모르게 움찔하고 몸을 사렸다.

마사는 원장 책상 너머에 앉아 있는 강도를 발견했다.

강도를 바라보는 그녀의 눈과 입에 살짝 반가움이 떠올랐으나 곧 지워졌다.

"무슨 일이죠, 졸구일?"

강도가 졸구조장이 된 것을 누구보다도 기뻐하는 마사지만 목소리는 사무적으로 딱딱했다.

그녀가 그러거나 말거나 강도는 상체를 뒤로 젖히고 다리를 꼰 자세로 약간 거만하게 말했다.

"분당 제7지역 귀부굴을 접수했다."

강도가 마사에게 반말을 하자 다들 움찔 놀랐다.

졸당 메신저는 사무직이며 졸당 당주와 동격이다.

그렇지만 졸당주는 물론이고 조장이든 졸전사든 졸당 메신저에게 밉보이면 좋지 않기에 모두들 그녀 앞에서는 몹시 조심하는 편이다.

그런데 강도는 졸당 메신저를 마치 부하처럼 대하고 있다. 아마 졸당 전체를 통틀어서 그녀에게 반말을 하는 것도 강도가 처음일 것이다.

강도를 바라보는 마사의 눈빛이 크게 흔들렸다. 기분이 나쁘다거나 자존심이 상한 게 아니다. 그보다는 더 근본적인 문제 때문이다.

"어떻게 하면 되지?"

마사는 강도 쪽으로 돌아서서 눈을 하얗게 흘기고 입술을 삐죽거렸다.

'미워 죽겠어.'

그래 놓고는 차갑게 대꾸했다.

"맹에 보고해서 처리반을 보내라고 하겠어요."

"그리고……."

"잠깐 기다려요."

마사는 휴대폰을 꺼내면서 일부러 쌀쌀맞게 말했다.

그녀는 휴대폰을 잠시 만지작거리더니 귀찮은 졸구조원들을 차갑게 쓸어보았다.

"당신들은 버스에 가서 대기하세요."

쑤우우…….

조원들이 뭐라고 하기도 전에 마사는 졸당공계로 17명의
조원들을 순식간에 날려 보냈다.

마사는 도도한 걸음으로 강도에게 걸어가면서 턱을 치켜들
고 새삼스럽게 실내를 둘러보았다.

"여긴 어디죠?"

"인중병원이야."

그녀는 앉아 있는 강도를 지나쳐서는 바로 그 뒤에 있는 유
리창 앞에 섰다.

유리창은 바닥에서 천장까지 이어져서 벽 전체가 창이다.

마사는 창밖을 내려다보며 놀라는 표정을 지었다.

"설마 인중병원이 분당 제7지역 귀부굴이었나요?"

"그래."

그녀가 창을 등지고 돌아섰다.

"완전히 소탕했나요?"

"그러니까 널 불렀지."

"세상에……."

평소에 공과 사는 분명해야 한다고 역설하는 마사지만 강
도 앞에서만큼은 공을 유지하는 게 힘겹다는 것을 느끼기 시
작했다.

"여길 처리하는 것 말고 해결할 일이 하나 더 있다."

"왜 내 전화를 받지도 않고 전화도 하지 않았죠?"

마사가 원망스러운 듯 크고 까만 눈으로 교태를 부리며 쏘아보는데 강도는 한마디로 일축했다.

"바빴다. 그리고 여기 정혈이 있는데……."

"수낵에 걸린 사람이 하루에 한 번 섹스를 하지 않으면 죽는다는 거 몰라요?"

"정말이야?"

"흥! 제가 죽어야 사실인지 깨닫겠죠."

"몰랐다."

마사는 창으로 돌아섰다.

"여기에서 확! 뛰어내릴까 보다."

그녀 능력으로는 이 방탄창을 깰 수 없다. 정말이지 그녀는 맹세코 이날까지 이런 식의 앙탈을 부려본 적이 없었다.

슥―

강도는 일어나 뒤에서 마사의 허리를 안았다. 마사는 몸을 비틀었지만 벗어나려는 것이 아니라 교태를 부리는 것이다

"귀부굴 소탕한 거 말고 다른 볼일이 있다고 하지 않으셨던가요?"

"이따가 얘기하자."

강도의 손이 스커트 속으로 들어갔다.

"뭐 하는 거예요?"

마사의 앙탈이 조금 더 심해졌다. 강도는 스커트를 걷어 올리고 팬티를 내렸다. 마사는 엉덩이를 비틀었다.

"아이… 문 잠가야죠."

"잠갔다."

"아앗!"

강도가 갑자기 힘을 주니까 마사는 비명을 지르며 앞으로 고꾸라졌다. 급히 두 손바닥을 유리창에 대지 않았으면 얼굴을 부딪칠 뻔했다.

야탑을 내려다보면서 마사는 뒤로 공격당했다.

마사의 얼굴이 해쓱해졌다.

"정혈을 빼돌리겠다고요?"

강도 무릎에 앉아 있는 마사의 몸이 딱딱하게 굳었다.

"이거 한 병에 인센티브 천만 원 쳐준다면서?"

"외전사가 정혈이 든 병을 입수한 경우가 매우 드물어서 그 자료를 찾는 데 애먹었어요. 맞아요. 맹에서는 한 병에 천만 원 쳐준대요."

"한 병에 10억짜리를 고작 천만 원 쳐주는 놈들을 전문용어로 뭐라고 그러는지 아냐?"

"뭐라고 그러죠?"

"쳐 죽일 놈이다."

마사는 원장 책상에 올려놓은 보스턴백 안의 정혈병들을 가리켰다.

"모두 몇 병이죠?"

"49개."

강도는 자기가 한 병 마셨다는 것과 지하 5층에서 슬쩍한 것은 말하지 않았다.

"그것만 해도 인센티브가 4억 9천이에요."

"한 병에 10억씩 49병이면 490억이다. 백분의 일이 말이 되냐? 쳐 죽일 놈들이지."

마사는 강도가 결심이 단호하다는 것을 느꼈다.

"몇 병이나 빼돌리려고요?"

"전부."

"마… 말도 안 돼."

"연수야."

마사의 이름은 조연수다. 어저께 일식집 가인의 다다미 바닥에서 첫 섹스를 하고 난 다음에 그녀가 가르쳐 주었다.

"네."

"이기 너힌데 말히지 않고 내 선에서 처리해도 되는데 왜 너하고 의논하는지 아니?"

"몰라요."

"우리는 남이 아니기 때문이다."

"……"

연수의 표정이 크게 흔들렸다. '우리는 남이 아니기 때문이다'라는 한마디에 연수는 여지없이 무너졌다.

사실 강도는 연수를 사랑하지도 좋아하지도 않는다. 그러면서도 그녀하고 섹스를 할 수 있는 것은 그녀가 원하고 또 강도 역시 젊은 피가 끓기 때문이다.

강도가 사랑하는 여자는 소유빈뿐이다. 연수는 그저 동료다. 강도의 논리로는 '동료는 남이 아니다'인 것이다.

"몇 병 정도는 맹에 주면 안 될까요? 몽땅 가로채는 것은 아무래도 좀……."

"맹에 주려면 전부 다 주는 거고, 빼돌리려면 몽땅 빼돌려야 한다."

"왜 그래야 하죠?"

"연수 네가 맹의 대가리라고 치자."

"대가리가 뭐예요? 맹주라고 하세요."

"그래. 네가 맹주다. 그런데 내가 정혈병을 절반 정도만 맹에 주고 절반은 빼돌렸다고 치자. 그럼 넌 어떻게 생각할 거 같냐?"

"뭘 어떻게……."

"혹시 저놈이 몇 병 정도 빼돌리지 않았을까? 하고 생각할 수도 있겠지?"

"그… 럴 수도 있겠죠."

"그러나 애당초 정혈 같은 건 인중병원에 없는 것으로 한다면 어떻겠냐?"

"거기에 대해서 가타부타 아무 말 하지 않겠죠."

"바로 그거다."

연수는 강도를 마주 보고 돌아앉았다.

"당신 순……"

"순, 뭐?"

연수는 강도 얼굴을 풍만한 가슴에 묻었다.

"쳐 죽일 놈이에요."

강도는 맹에서 처리반이 오기 전에 지하 5층 귀매 다카가 있는 방으로 내려갔다. 솔직히 그는 자신의 수벽에 걸린 다카에 대해서 어떻게 하겠다는 결정도 내리지 않았다.

단지 다카가 영 신경 쓰여서 가보지 않을 수가 없었다.

그런데 귀부와 귀매들의 잘려진 대가리와 몸뚱이가 굴러다니는 그곳 한구석에서 다카가 웅크린 채 바들바들 떨면서 강도를 바라보았다.

다카는 눈물을 뚝뚝 흘리면서 초음파로 끽끽거리다가 비틀비틀 일어나 강도에게 다가왔다.

"나… 이상해요… 당신이 좋아요… 사랑해요……"

키가 강도의 가슴까지밖에 차지 않는 다카는 그에게 꼭 안겨서 끙끙 앓는 소리를 냈다. 다카는 어떻게 해달라는 말도 하지 않은 채 강도에게 안겨서 울기만 했다.

강도는 다카의 머리를 쓰다듬다가 뒤통수의 사혈(死穴)을 가만히 눌렀다.

"사랑… 해… 요……"

다카는 강도를 올려다보면서 중얼거리다가 축 늘어졌다.

강도는 숨이 끊어진 다카를 바닥에 눕히면서 조금 미안한 마음을 느꼈다.

그렇지만 그는 인간이고 다카는 마족이다.

지금 그가 섹스를 한번 해줘서 다카를 살려주는 건 어렵지 않다. 하지만 하루에 한 번씩 섹스를 해줘야 하는 건 절대로 불가능한 일이다.

그래서 다카를 최대한 고통스럽지 않게 죽인 것이다.

그게 그가 할 수 있는 최선이다.

강도는 언제나처럼 버스 맨 뒤에 앉아 있다.

강도의 경리인 한아람이 강도 앞에 서서 조원들에게 오늘 성과에 대해서 휴대폰을 보며 설명하고 있다.

"귀부와 귀매 72명, 부소대장 2명, 소대장 2명, 빙악 한 명, 모두 77명에 인센티브 1억 600만 원이에요."

조원들은 흥분한 표정으로 입맛을 다셨다.

1억 600만 원을 18명이 나누면 한 명당 약 588만 원이다.

조장의 활약이 대단했으므로 그가 절반을 갖는다고 해도 나머지 조원 17명 각자에게 300만 원 이상 돌아간다.

그런데 그게 전부가 아니다.

"귀부굴 접수 인센티브 1억."

한아람의 말에 다들 희희낙락하며 군침을 흘렸다.

"그리고 인중병원 접수한 것에 대한 맹의 보너스가 10억 나왔어요."

"으아아……! 미쳐 부러……."

"에엑?"

보너스 10억에 대해서는 전혀 기대하지 않았던 조원들은 소스라치게 놀라 모두 자리에서 일어났다.

"조용하고 모두 앉아요."

한아람이 발을 구르며 말하자 다들 흥분을 참지 못하는 얼굴로 자리에 앉았다.

모두들 입안이 바싹 타는 얼굴로 한아람을 주시했다.

이번 작전으로 졸구조가 받게 된 인센티브 합계는 무려 12억 600만 원이다.

한마디로 어마어마하다.

조장이 10억을 갖는다고 해도 조원들은 할 말이 없다. 강도는 오늘 그만큼 했다.

그래서 나머지 2억 600만 원을 17명이 나누면…….

상상만 해도 후덜덜하다.

"조장님께서 12억 600만 원을 조장님 포함하여 18명에게 고루 분배하라고 말씀하셨어요."

"아아……."

"마, 말도 안 돼……."

조원들은 자신의 귀를 의심했다.

세상에 제정신을 갖고 있는 조장이라면 12억 600만 원을 자기를 포함해서 똑같이 나눌 리가 없다.

한아람은 강도가 바보, 멍청이 같아서 죽을 지경이다.

사실 이번 작전은 강도 혼자서 북 치고 장구 치고 다했다고 해도 과언이 아니다.

그러니까 강도가 10억쯤 갖는다고 해도 뭐라고 항의할 조원은 아무도 없을 것이다.

한아람은 강도가 15평짜리 작은 아파트에 살고 있는 걸 직접 가봤기 때문에 알고 있다.

나중에 검색을 해보니까 그곳 단지는 임대 아파트라고 나왔기에 한아람은 가슴이 아팠었다.

오늘 한 건 크게 했기 때문에 강도가 인센티브의 절반만 가져도 부천 중동에서 근사한 중형 아파트 한 채를 살 수 있을 것이다. 그런데 강도는 자신을 포함해서 모두 골고루 나누라고 한다.

욕심이 없는 건지 바보인 건지…….

"지금 모두 나한테 자신의 은행 계좌 번호를 보내세요."

한아람의 목소리가 차가웠다.

5분 후, 졸구조 조원들은 자신의 계좌에 6,700만 원이 입금된 걸 확인했다.

반신반의했던 조원들은 그제야 자신들에게 일어난 일이 현실이라는 걸 믿었다.

조원들은 모두 일어나 강도에게 몰려들면서 고맙다느니, 평생의 은혜라느니, 앞으로는 목숨을 바쳐서 조장에게 충성을 하겠다고 앞다투어 떠들어댔다.

강도는 일어나서 딱 한마디만 했다.

"다음에 보자."

그러고는 버스에서 내렸다.

강도는 한아람이 운전하는 승용차 조수석에 앉아서 집으로 가고 있다.

"신군님, 그 돈의 절반만 있어도 지금보다 좀 더 큰 아파트로 이사 가실 수 있잖아요."

한아람은 강도가 한 일 때문에 분당을 출발한 지 30분이 지난 지금까지 잔소리를 해대고 있다.

"그만해라."

강도는 30분 동안 한아람에게 잔소리를 들으면서 그만하라는 말을 지금 처음으로 했다.

"그래도……."

"아람아."

"네… 네?"

강도가 처음으로 이름을 불러주자 한아람은 화들짝 놀라서 그를 쳐다보았다.

"너 몇 살이니?"

"22살이에요."

"오빠가 그만하라고 하면 그만해야지. 그치?"

"네……"

한아람은 하늘 같은 신군이 이름을 불러주고, 또 오빠를 자청하니까 정신이 달아날 정도로 기뻐서 방금 전까지 무슨 일로 강도를 닦달하고 있었는지를 까맣게 잊어버렸다.

한아람이 차를 세웠다.

"너는 가봐라."

강도는 뒷자리에 놔둔 정혈병이 담긴 보스턴백을 들고 내리면서 말했다.

"집에 모셔다 드릴게요."

"그럴 필요 없다."

"신군님 저녁 식사 해드려야 되는데……"

탁!

강도는 가타부타 대꾸하지 않고 차에서 내려 걸어갔다.

그는 한 번도 뒤돌아보지 않고 앞의 건물로 들어갔다.

벨을 눌렀더니 미지가 나왔다.

"오빠!"

위아래 트레이닝복에 부스스한 머리를 하고 현관문을 연

미지는 밖에 서 있는 강도를 발견하고 찢어지는 비명을 질렀다.

"오빠! 오셨군요! 으흐흑……!"

미지는 강도에게 와락 안기며 울음을 터뜨렸다.

원룸에 들어가서도 미지는 강도에게서 도무지 떨어지지 않고 한사코 안겨 있었다. 그녀는 세수도 하지 않았고 방은 엉망이었다.

강도가 왜 학교에 가지 않았느냐고 하니까 몸이 아파서 여태 침대에 누워 있었다고 한다.

어디가 아프냐고 물었더니 미지는 침대에 앉아 있는 강도를 쓰러뜨리고 그 위에 엎드려서 그의 얼굴에 마구 입맞춤을 퍼부었다.

"오빠 보고 싶어서 미치는 줄 알았어요……!"

"미지야……."

"어저께 오빠가 그냥 훌쩍 가버려서 죽을 때까지 영영 못 보는 줄 알았잖아요… 엉엉……."

어젯밤에 강도는 마사, 아니, 연수하고 헤어지고 나서 미지에게 곧장 왔다. 그러고는 수액에 걸려 다 죽어가는 미라나 다름이 없는 미지하고 섹스를 했었다.

삽입을 하자 미지는 공상과학영화의 한 장면처럼 파르르 되살아났었다.

미지 말대로 그녀는 숫처녀였고 의무를 다한 강도는 침대에 늘어져 있는 그녀를 놔두고 그냥 원룸을 나왔었다. 그러고는 그걸로 끝이라고 믿었다.

다시는 미지를 볼 일이 없을 거라고 생각했다. 그래서 아무말도 하지 않고 홀연히 사라져 버렸던 것이다.

여자는 순결을 바친 남자를 죽을 때까지 잊지 못한다고 하지만, 강도는 손톱만큼의 애정도 없는 미지를 구속할 생각은 추호도 없었다.

"그래서 밥도 안 먹고… 온몸에 힘이 하나도 없고… 오빠가 미치도록 보고 싶다는 생각만 했어요……."

미지는 얼마나 울면서 뽀뽀를 하는지 강도 얼굴을 온통 눈물과 침으로 범벅을 만들었다.

미지의 몸은 풋풋했다.

무르익어서 살짝 건드리기만 해도 터질 것 같은 성숙한 몸은 아니지만, 이 땅에 태어난 이후 남자가 한 번도 더럽히지 않은 순결함을 지니고 있었다.

강도가 이끄는 대로 묵묵히 따라왔고, 그가 시키는 대로 가만히 있었다.

거짓으로 흥분한 것처럼 꾸미지도 않았고, 아프면서도 꾹꾹 참으면서 두 손으로 강도의 등을 꼭 안고만 있었다.

섹스를 하는 동안 자세라든지 작은 부분들이 서로 맞지 않아서 많이 삐걱거렸지만, 속궁합이 찰떡처럼 맞았던 마사하고는 또 다른 매력이 있었다.

그것은 아껴주고 싶은 보호 본능이다.

"오늘은 아프지 않고 쪼~ 끔 좋았어요."

강도와 미지는 벌거벗은 몸으로 침대에 누워 있었다. 강도는 똑바로 누워서 아까부터 켜져 있는 TV를 보고 있으며, 미지가 옆으로 누워서 그의 남자를 만지작거렸다.

"남자들은 다 이렇게 커요?"

강도가 대답을 하지 않으니까 미지는 혼자 떠들었다.

"이렇게 큰 게 어떻게 내 몸에… 정말 불가사의해요."

강도의 친구들은 그의 엄청난 대물을 보고 그런 건 국가 차원에서 보호를 해줘야 한다고 떠들어댔었다.

"시원한 맥주 있어요. 맥주 드실래요?"

강도가 고개를 끄떡이자 미지가 발딱 일어나 침대에서 내려가 냉장고로 걸어갔다.

침대에 누워서 바라보던 강도는 미지가 의외로 키가 몹시 크고 늘씬하며 베이글녀라는 사실을 알게 되었다.

깍!

"안주는 없어요. 헤헤……."

미지는 캔 맥주를 갖고 침대로 올라와 직접 따서 강도에게 내밀었다.

강도는 맥주를 마시다가 문득 TV 옆 벽에 꽤 큼직한 브로마이드가 걸려 있는 것을 발견했다.

그건 걸 그룹 아이돌 사진이었다. 미지 같은 소녀의 방에 있음직한 광경이다.

위에는 브래지어나 마찬가지인 짧은 탱크탑에 아래는 핫팬츠, 뺨에 무선 마이크를 붙이고 춤을 추면서 열정적으로 노래를 하는 모습이다.

강도는 연예계는 관심이 없기 때문에 브로마이드의 아이돌이 누군지 모른다. 하지만 한눈에도 늘씬하고 몸이 육감적이며 무지하게 예쁘다는 건 알 수 있다.

"안무 연습하는 사진이에요."

"응."

미지가 강도의 손에 있는 캔 맥주를 그의 손 채로 자신의 입으로 가져가서 한 모금 마셨다.

"올 겨울에 데뷔해요."

"데뷔?"

"연예계에요."

"그럼… 저게 너냐?"

강도는 조금 어이없는 표정을 지었다.

"저 아닌 줄 아셨어요?"

"아이돌인 줄 알았다."

"헤헤… 그렇게 봐주셔서 기뻐요."

미지는 3년 전에 국내 굴지의 엔터테인먼트 오디션에 합격해서 지금까지 연습생 생활을 이어오고 있다고 했다.

다른 연습생들은 보통 합숙을 하지만 미지는 공부를 병행하여 대한민국 최고 명문대에 합격했기 때문에 따로 살 수 있는 특혜가 주어졌다고 했다.

강도가 그만 가려고 하는데 미지가 매달리면서 물었다.

"오빠, 이름 뭐예요? 전화번호는?"

강도는 미지 방에서 2시간 정도 있다가 원룸을 나섰다.

앞으로 연수하고 미지는 매일 강도하고 섹스를 해야만 목숨을 이어갈 수 있다.

어쩌다가 이 지경이 됐는지 난감한 노릇이다.

방을 하나 구해서 마사하고 미지를 합숙을 시키든지 해야지 이건 못 할 짓이다.

그런데 원룸 앞 주차장에 하아람의 차가 눈에 띄었다. 그녀는 강도가 볼일을 마치고 나올 때까지 기다리고 있었다.

그녀는 반파된 벤츠 c220의 수리가 끝날 때까지 국산 소형차를 렌트해서 타고 있다.

한아람은 운전석 시트를 젖혀놓고 입을 반쯤 벌린 채 한밤중처럼 자고 있었다.

강도는 벗었던 선글라스를 끼고 조수석 창을 두드렸다.

한아람은 눈을 비비고 깨어나서 환하게 웃었다.

"신군님, 이제 나오셨어요?"

한아람은 강도네 임대 아파트까지 따라 올라왔다. 그녀는 강도가 그만두라고 하는데도 저녁 식사 준비는 물론이고 청소와 빨래까지 깨끗이 끝냈다.

"너 잠깐 앉아라."

한아람이 주방 식탁 의자에 앉자 강도는 그녀 앞에 앉아서 주사기에 정혈 5cc를 주입했다.

"그게 뭔가요?"

"팔 내밀어라."

강도를 하늘처럼 믿는 한아람은 군말 없이 팔을 내밀고 주사를 맞았다.

"집에 가거든 잘 때까지 계속 운공조식해라. 알았니?"

"알았어요."

한아람은 종달새처럼 대답했다.

집에 혼자 남은 강도는 자신의 방 침대에 가부좌로 앉아서 운공조식을 시작했다. 그가 유도하는 대로 체내에 감춰두었던 정혈이 조금씩 흘러나와 전신으로 퍼져갔다.

*　　　　*　　　　*

"유빈아, 저녁 먹자."

엄마 목소리에 소유빈은 잠에서 깼다.

침대에 누워서 깜빡 잠이 들었던 그녀는 눈을 뜨고 엄마를 바라보았다. 허름한 옷을 입고 얼굴과 옷에 밀가루가 여기저기 묻은 모습으로 훈훈한 미소를 지으며 딸을 바라보고 있는 그녀가 유빈의 엄마다.

"아… 엄마."

5년 만에 엄마를 만난 유빈은 눈물이 핑 돌면서 침대에서 일어났다.

유빈은 무림에서 현 세계로 돌아오기 전에 자신이 어떤 상황에 처해 있는지 알게 되었다. 남편 강도가 들어갔다가 갑자기 사라진 '수양의 방'에서 목소리뿐인 사부에게 자초지종을 들었던 것이다.

사실은 그녀 역시 강도처럼 5년 전에 느닷없이 과거의 무림으로 시간 이동을 했었다.

유빈은 엄마에게 다가가 포근하게 안았다.

"보고 싶었어, 엄마."

"그래. 나도 보고 싶었어."

엄마는 유빈의 등을 토닥거렸다.

초등학교 때부터 바이올린을 배운 유빈은 여고를 졸업하자마자 곧장 영국 왕립 음악원에 입학해서 4년 동안 공부하고 이틀 전에 한국에 돌아왔었다.

한국에 오기 두 달 전에 그녀는 세계 최고 권위의 차이코프스키 바이올린 콩쿠르에서 1등의 영광을 거머쥐었었다.

한국인은 물론 아시아인이 차이코프스키 바이올린 콩쿠르에서 1등을 한 것은 유빈이 최초였다.

전 세계가 들끓었고 한국은 아예 뒤집어졌다.

서울 변두리 동네에서 만두집을 하는 유빈네 집에는 국내외 기자들이 한 차례 폭풍처럼 휩쓸고 지나갔다.

그러고 나서 세간의 관심이 조금 뜸해질 무렵인 어제 저녁에 유빈이 아무런 연락도 없이 혼자서 한국에 입국했다.

"배고프지 않니?"

"괜찮아, 엄마."

유빈은 엄마와 어깨동무를 하고 방 밖으로 나갔다. 아래층은 엄마와 아빠가 운영하는 만두 가게가 있고, 이 층은 살림집인데 방 두 칸과 작은 거실 겸 주방이 있다.

"나 잠시 정리할 게 있으니까 그거 끝내고 나서 밥 먹을게."

"그래, 알았다. 우린 그동안 가게 문 닫아야겠다."

유빈은 방으로 돌아와 문을 닫고 책상 앞에 앉았다.

그녀는 천천히 방 안을 둘러보았다.

'5년이나 무림에 있다가 왔는데 5분밖에 지나지 않았다니 믿을 수가 없어.'

현 세계에 돌아와서 그녀가 받을 충격을 덜어주기 위해서 목소리뿐인 사부는 웬만한 것들은 미리 다 설명해 주었다.

유빈은 며칠 전 영국 왕립 음악원에서 졸업 선물로 받은 손목시계를 보았다.

8시 27분이다.

아까 외출에서 돌아와 샤워를 하고 옷을 갈아입은 후에 8시 20분쯤 잠깐 침대에 누웠다가 잠이 들었었다. 그러고는 7분이 지났을 뿐이다.

"하아……."

유빈은 갑자기 긴 한숨을 내쉬었다.

'여보…….'

이렇게 가만히 있어도 눈앞에 삼삼하게 떠오르는 사내의 얼굴이 있다.

절대신군.

무림에서 유빈과 3년 동안 부부로 살았던 남편이다.

세계 최고 권위의 차이코프스키 바이올린 콩쿠르에서 1등을 한 유빈이 갑자기 과거의 무림이란 곳으로 끌려가서 눈물로 세월을 보내다가 만난 사람이 절대신군이었다.

아니, 3년 전 그는 절대신군이 아니라 그냥 한 명의 청년 이강도였었다.

그리고 그를 사랑하게 되었으며, 결혼을 했고, 3년 동안 그를 의지하면서 살았었다.

현 세계에서 자신이 누구였다는 사실을 깡그리 잊어버려도 좋을 만큼 유빈은 강도를 사랑했고, 또 행복했었다.

그래서 그 행복이 계속되는 한 다시 현 세계로 돌아가지 않아도 괜찮다고까지 생각했었다.

목소리뿐인 사부는 수양의 방에서 갑자기 사라진 이강도가 사실은 현 세계에서 소환된 사람이며, 무림에서의 할 일이 끝나서 다시 현 세계로 돌아갔다고 말해주었다.

그래서 현 세계로 돌아가겠느냐는 목소리뿐인 사부의 물음에 유빈은 숨도 쉬지 않고 그러겠노라고 대답했었다.

드르르…….

유빈은 창을 열고 자신이 여고 3년까지 19년 동안 살아온, 그러나 왠지 낯선 어두운 동네를 바라보았다.

'저기 어딘가에 내 사랑이 계셔.'

그 사실 하나만으로도 유빈은 가슴이 터질 것만 같았다.

『갓오브솔저』 2권에 계속…

GRAND SLAM 그랜드슬램

FUSION FANTASTIC STORY

자미소 장편소설

2016년의 대미를 장식할 최고의 스포츠 소설!!

Career record : 984W 26L
Career titles : 95
Highest ranking : No.1(387weeks)
Grand Slam Singles results : 23W
Paralympic medal record : Singles Gold(2012, 2016)

**약 십 년여를 세계 최고로 군림한 천재 테니스 선수.
경기 내내 그의 몸을 지탱하고 있는 것은…… 휠체어였다.**

『그랜드슬램』

휠체어 테니스계의 신, 이영석(32).
그는 정상의 자리에서도 끝없는 갈망에 사로잡혀 있었다.

"걷고 싶다, 뛰고 싶다. …날고 싶다!!"

**뛸 수 없던 천재 테니스 선수
그에게, 날개가 달렸다!!!**

Book Publishing CHUNGEORAM

유변이 아닌 자유추구-
WWW. chungeoram.com

GAME BALL

게임볼

설경구 장편소설

FUSION FANTASTIC STORY

무명의 야구인이었던 남자,
우진이 펼치는 야구 감독으로서의 화려한 일대기!

『게임볼』

"이 멤버로 우승을 시키라고?"

가상 야구 게임,
게임볼을 통해 인생 역전을 꿈꾸는

한 남자의 뜨거운 행보에 주목하라!

Book Publishing CHUNGEORAM

투신 강태산

박선우 장편소설

FUSION FANTASTIC STORY

무림을 휩쓸던 '야차(夜叉)'가 돌아왔다.

『투신 강태산』

여행사 다니는 따뜻한 하숙생 오빠이자
국가위기 특수대응팀 '청룡'의 수장.
그리고 종합격투기계를 휩쓸어 버린 절대강자.
전 세계를 무대로 펼쳐지는 투신 강태산의 현대 종횡기!!

"나는, 나와 대한민국의 적을, 철저하게 부숴 버릴 것이다."

서러웠던 대한민국은 잊어라!
국민을 사랑하는 대통령과 절대강자 투신이 만들어 나가는
새로운 대한민국이 펼쳐진다!!